Entre la luz y la oscuridad

Entre la luz y la oscuridad

Ester Alcaide Arnau

Número de Control de la Biblioteca del Congreso de EE. UU.:   2013908112
ISBN: Tapa Blanda   978-1-4633-4775-8
                   Libro Electrónico   978-1-4633-4776-5

Esta es una obra de ficción. Cualquier parecido con la realidad es mera coincidencia. Todos los personajes, nombres, hechos, organizaciones y diálogos en esta novela son o bien producto de la imaginación del autor o han sido utilizados en esta obra de manera ficticia.

Este libro fue impreso en los Estados Unidos de América.

Fecha de revisión: 08/05/2013

Para realizar pedidos de este libro, contacte con:
Palibrio
1663 Liberty Drive
Suite 200
Bloomington, IN 47403
Gratis desde España al 900.866.949
Gratis desde EE. UU. al 877.407.5847
Gratis desde México al 01.800.288.2243
Desde otro país al +1.812.671.9757
Fax: 01.812.355.1576
ventas@palibrio.com
470327

ÍNDICE

"El sabio no se sienta para lamentarse, sino que se sienta alegremente en su tarea para reparar el daño hecho."

Gracias a mi hermana, Yolanda, quien junto con mi madre y mi padre, que en paz descanse, han hecho posible que este sueño se convierta en realidad. Sin ellos esto hubiera sido una tarea imposible de llevar a cabo.

Ester Alcaide Arnau.

PRÓLOGO

Son tiempos difíciles, donde la gente va de un lado a otro sin rumbo fijo. No hay nada a lo que aferrarse, porque estamos en una sociedad demasiado desconcertante. Es como buscar algo muy pequeño en un lugar inmenso. Aunque, a pesar de todo ello, existen seres humanos que han encontrado su lugar en un mundo que no tiene ni principio ni final y en el que sólo puedes hallar un profundo y oscuro agujero cuya única salida posible es la Nada.

Ella es una persona especial, perfectamente destacable del resto de la sociedad, y que aunque busca en las profundidades de este mundo sigue sin hallar su sitio en él.

Su nombre es Estela, es una mujer joven, que ahora tendrá unos treinta y seis años y que aparentemente lleva una vida normal como el resto de las personas, pero que, en su interior y desde su adolescencia, ha estado luchando consigo misma.

Ella únicamente tenía un motivo: La Sociedad, que según su conciencia, la marginaba, la apartaba de las cosas maravillosas de las que una muchacha de su edad podía disfrutar y la arrastraba hacia un abismo donde sólo se podía contemplar la corrupción, las guerras, las drogas…, o sea, el lado puramente negativo de dicha sociedad.

Y todo esto iba a ser el eje del comienzo de una larga y eterna pesadilla.

CAPÍTULO 1

Era una gris y tormentosa tarde de verano de 1971. El cielo era una inmensa nube que envolvía a toda la ciudad de Brighton. No se veía a nadie por las calles de la ciudad.

Reinaba un silencio absoluto, como si todo y todos hubiesen desaparecido. El único sonido que se podía percibir era un reloj de pared que estaba dando la hora en una casa situada en la colina de Brighton.

La casa era bastante grande, tenía dos pisos, un jardín que la rodeaba entera, varios árboles a su alrededor y un garaje en el que cabían dos coches. En el primer piso se hallaba el comedor, que era de estilo moderno, un aseo con unas cenefas pintadas en la pared y la cocina, situada en la parte trasera de la casa y por donde se podía acceder al jardín. En el segundo piso estaban las habitaciones. La fachada estaba hecha al estilo francés del siglo XVII. La casa formaba parte de la urbanización OMAR, la cual ocupaba toda la colina. Y todas las casas, incluyendo ésta, dejaban un espacio entre unas y otras de unos 5 metros aproximadamente. Era un lugar pacífico y agradable para vivir, pero aquella tarde parecía un lugar aterrador y al que nadie se le ocurriría ir.

Eran las siete de la tarde y una mujer, llamada Stephanie Clayton, estaba en el comedor de su casa viendo la televisión.

Era una mujer de estatura mediana, de ojos verdes y el color de su pelo era negro como el carbón. Tenía unos veintitrés años y trabajaba en unos grandes almacenes como dependienta de cosméticos. Aquella tarde llevaba puesto una bata de color azul verdoso como el mar. Parecía nerviosa y a pesar de que no hacía demasiado calor, no dejaba de darse aire con un abanico de color amarillo ocre.

De repente, se levantó del sofá y se dirigió al teléfono, que estaba a unos dos o tres metros de ella, lo descolgó y marcó un número.

- '¿Si, diga?' dijo una voz al otro lado de la línea.

- 'David, soy yo, ven en seguida, creo que ya,' dijo Stephanie.
- 'Bien, tranquila, ahora mismo estoy allí,' le dijo él.

Stephanie colgó el teléfono y se fue a su habitación. Allí, sacó una maleta del armario y metió algo de ropa en su interior. Después, esperó sentada a su marido en el sofá de su comedor.

A las siete y cuarto alguien llamó a la puerta. Stephanie salió corriendo, a duras penas, llevándose consigo la maleta. Abrió la puerta y allí estaba David, su marido, un importante hombre de negocios, admirado y respetado por todo el mundo del pueblo ya que él había hecho mucho por ellos, además era un hombre alto y muy corpulento. Se dirigió a su mujer cogiéndola en brazos y sin perder un minuto más bajó colina abajo en dirección al hospital Bermouth, el único de la ciudad.

La sala de urgencias del hospital Bermouth estaba abarrotada, no cabía más gente en su interior. De repente, las puertas de cristal se abrieron y el señor y la señora Clayton entraron, dirigiéndose tan deprisa como podían al mostrador donde estaban las enfermeras de guardia. El señor Clayton pidió inmediatamente una camilla al mismo tiempo que le decía a una de las enfermeras que su mujer estaba a punto de dar a luz. Acto seguido, la enfermera llamó al doctor Preston al número de su móvil, mientras el señor Clayton pedía sin cesar la camilla para su mujer.

- '¡Oigan, por favor, mi mujer no puede esperar mucho más, necesita que la atiendan!'

El doctor Preston era uno de los mejores ginecólogos de todo el hospital.

- '¡David, David! Me encuentro muy mal, creo que este bebé no aguantará mucho más tiempo aquí dentro. Estoy sintiéndole moverse cada vez más y más deprisa.'

- '¡Enfermera!,' gritaba el señor Clayton desesperado, '¿es qué no ve como está mi mujer? ¡Hagan algo por favor!'

Una de las enfermeras salió de detrás del mostrador y acompañó a los Clayton a la habitación 125. Allí les dijo:

- 'Señora Clayton, intente controlar las contracciones. Yo no puedo hacer nada más por el momen....'

- '¡Oiga, enfermera, ¿es qué no hay ningún doctor que pueda atender a mi mujer?!' preguntó el señor Clayton todo nervioso.

- 'Lo siento, pero todos los doctores que hay ahora mismo en el hospital están atendiendo a otros pacientes.'

- '¡Pero, esto es increíble! ¡No puedo creer lo que oigo!,' respiró unos segundos y a continuación le dijo, 'Mire, como algo grave le pase a mi mujer por su incompetencia le juro que la demandaré y junto con usted a todo el hospital.'

La enfermera, atemorizada, le contestó, 'no se preocupe, acabo de llamar al doctor Preston y estoy segura que no tardará en llegar, señor Clayton. Relájese que ya verá como todo sale bien.'

Hubo una pausa, nadie dijo nada durante unos minutos. Sin embargo, David volvió a insistir:

- '¡Pero enfermera….!'

- 'Señor Clayton intente tranquilizarse' - hubo otra pausa- 'Mire, el doctor Preston llegará en cualquier momento y en seguida atenderá a su mujer.' Cuando la enfermera terminó de hablar, regresó a su puesto.

En ese mismo instante, un hombre de mediana estatura y regordete cruzaba las puertas de la sala de urgencias.

- 'Doctor Preston, aquí le tengo preparado el historial de la señora Clayton. Está esperando en la habitación 125,' le dijo la enfermera al doctor Preston.

- 'Gracias, Mary. Avise a los de paritorio de que vamos hacia allí,' le dijo él.

La señora Clayton se encontraba realmente mal y estaba a punto de perder el conocimiento cuando el doctor Preston apareció por la puerta de la habitación.

- 'Señor y señora Clayton, soy el doctor Preston. Siento mucho el retraso.'

- 'Doctor, no pierda tiempo hablando y ayude a mi mujer, se lo ruego.'

Así que sin decir una palabra más, el doctor Preston, con ayuda de David, llevó a la señora Clayton a la sala de paritorios. Cuando llegaron allí, el doctor Preston le dijo a David que era mejor que no entrase porque estaba muy nervioso y eso no le haría ningún bien a su mujer. David, sin replica alguna, acató las órdenes ya que deseaba lo mejor para su mujer y para su futura hija.

A la media hora salió el doctor Preston y el señor Clayton sobresaltado y casi echándose encima de él, le preguntó si sucedía algo fuera de lo normal. El doctor no le contestó inmediatamente puesto que tuvo que respirar profundamente para comunicarle que el cordón umbilical se había enredado en el cuello de su hija y ésta estaba ahogándose y que era por esa razón por la que su mujer tenía esos dolores tan fuertes, no propios de unas contracciones.

El señor Clayton tuvo que sentarse en el banco del pasillo para no caerse. El doctor Preston al verle tan mal le intentó tranquilizar diciéndole que no se preocupara que las dos se iban a salvar ya que disponía de unos de los mejores equipos trabajando con él. Sin embargo, allí se quedó el pobre señor Clayton preguntándose si era verdad lo que le había dicho el doctor o sólo eran palabras tranquilizadoras. Y así continuó hasta dos horas después de tener aquella pequeña conversación con el doctor Preston.

Mientras tanto en el quirófano se estaba haciendo todo lo posible por salvar la vida del bebé.

Transcurridas las dos horas, salió una de las enfermeras de la sala de paritorio.

El señor Clayton al verla se puso en pie esperando que la enfermera le trajera buenas noticias. Ésta se le acercó y le sonrió. Después le comunicó que ya podía descansar, que todo había salido bien. No obstante, tanto su mujer como su hija, Estela, nombre que le pondrían a la niña, tenían que quedarse en el hospital más de lo habitual para tenerlas en observación y ver como evolucionaban.

La vida de los Clayton cambió. En sus rostros se reflejaba la cara más bonita de la vida: la Felicidad. Esa niña invadía todo su tiempo. No hacían otra cosa que estar pendientes de ella las veinticuatro horas del día. Parecía como si todo ser vivo hubiera vuelto a nacer.

Aquel lugar, aquella colina, ya no era la tétrica y fantasmal colina, ¡NO!, se había convertido en un lugar rebosante de alegría, de paz, tranquilidad y belleza. Por fin, el sol iluminaba la colina entera. Todo había dado un giro de 180 grados desde aquella tarde de 1971. El vecindario parecía otro.

CAPÍTULO 2

Estela era una niña gordita, mofletuda, morena como el carbón y unos ojos negros que desprendían unos rayos de luz que cegaban todo aquello que la rodeaba. Pero, en lo más profundo de su ser había algo que la hacía diferente a los demás, algo especial y al mismo tiempo aterrador.

Era una niña que aparentemente estaba creciendo con toda la normalidad del mundo, pero en su mirada siempre había alguna cosa que provocaba que todo eso se distorsionara.

Cuando Estela cumplió los dos años, nació su hermana Carol. Ésta, a diferencia de Estela, nació perfectamente, sin ningún problema, así como también prefería quedarse bajo el cobijo de sus padres durante el verano a pasarlo en la granja de sus abuelos. Pero, a pesar de esto, las dos hermanas se llevaban bien aunque siempre estaban peleándose. Eran, de alguna manera, polos opuestos y los polos opuestos, como bien dicen los científicos se atraen.

Los abuelos maternos de Estela tenían una pequeña granja a las afueras de Brighton, estaba a una hora en coche y todos los veranos Estela los pasaba allí junto a sus abuelos. Y allí, en compañía de las vacas, caballos y de su inseparable perra, Betsy, regalo de su abuelo, de la que nunca se separaba, rodeada de verde por todas partes, ella se sentía feliz, contenta. De hecho, cuando se acercaba siempre el mes de Junio, la pequeña Estela ansiaba ir a la granja y pasar el mayor tiempo posible en aquel fantástico lugar. Disfrutaba jugando con los animales y parecía que ellos también ya que había algo en ella que hacía que éstos, de alguna manera, entendieran lo que su querida amiga les decía.

A parte de los animales, también había allí una persona muy especial para Estela, su abuelo Thomas. Thomas era un hombre muy apuesto, de unos 48 años, alegre y simpático y además le consentía todo a su nieta aunque a veces, raras veces, se enfadaba. De todas formas, era una persona con una enorme paciencia, entendía a su nieta a la perfección y, por supuesto, le encantaba pasar el rato con su queridísima nieta. La quería mucho porque ella lo cuidaba muy bien puesto que él no podía correr ni hacer otras muchas cosas debido a un accidente laboral que le dejó para toda la vida inútil de una pierna y el hombre siempre tenía que llevar un bastón para caminar. Pero aquello no suponía ningún obstáculo ni para Estela ni desde luego para su abuela. Ambas eran felices así.

Veranos y veranos enteros pasaban así. El tiempo transcurría para Estela tan deprisa como el viento. Sin embargo, pronto se iba a detener.

Un veinticuatro de Junio de 1977, el día en que Estela cumplía los seis años, su padre se la llevó al cine a ver una película de nacionalidad china. Y fue entonces cuando empezó a emerger a la superficie la nueva Estela Clayton. Aquel actor impactó tanto en su interior que fue como si ella estuviera viendo su propia imagen proyectada en aquella pantalla gigantesca. Tenía la sensación de estar conectada, de alguna forma, a aquella persona que no conocía de nada y que jamás llegaría a conocer.

Hasta aquella tarde, es cierto que ella era distinta a los demás, pero no era perceptible para el ojo humano. Ella se comportaba como cualquier niño de su edad. No obstante aquello…. aquello hizo que lo que llevaba, desde el día en que nació, en su interior empezara a aflorar. De hecho, se empezó a interesar por cosas como la filosofía oriental, la escritura, etc. En definitiva, se inclinaba hacia cosas a un nivel, que para su edad, era bastante profundo. Surcaba las profundidades del mar que le llevaba a analizar cuidadosamente todo lo que pasaba a su alrededor, todo lo que ella decía u oía a la gente. Otro cambió importante en su conducta fue el hecho de que dejó de jugar con sus amigos, de ver dibujos animados. Ella prefería estar leyendo libros, enriquecerse de cultura en todos los niveles y desde luego, nunca dejaba de pensar en su abuelo y lo bien que lo pasaban juntos.

Este radical cambio en el comportamiento de Estela pronto empezó a preocupar a sus padres. Y un día decidieron llevarla a un psicólogo. Allí le hicieron pruebas psíquicas y la avasallaron de preguntas. Desgraciadamente aquellas pruebas no sirvieron de nada porque a la conclusión que llegó el psicólogo que la atendía, era que no había nada extraño por lo que preocuparse. Según él, los niños a cierta edad van escogiendo sus gustos y preferencias. Esto tranquilizó más a sus padres, sin embargo decidieron observarla una temporada sin que ella se diera cuenta.

Cierto es, que Estela a esa edad, no era plenamente consciente de lo que estaba sucediendo, sólo que prefería los libros a los juegos, pero no le daba mayor importancia. Ella aún seguía reflejando e impregnando la atmósfera de alegría y felicidad.

Era una niña estudiosa y aplicada, que no tenía nunca problemas con nadie y en el colegio al que iba todo el mundo la quería mucho. Jamás le habían llamado la atención por nada. Era, lo que todo padre y madre desearía tener, una niña modelo. Hasta que una fría noche de navidad de 1980, todo su mundo se vino abajo. Una llamada telefónica fue la causa.

Estaba toda la familia cenando alrededor de una gran mesa de cristal cuando, de repente, el abuelo Thomas empezó a sentirse mal, muy mal. Su mujer le dio sus pastillas pero el hombre no mejoraba. Así que tuvieron que llamar a una ambulancia para que se lo llevaran al hospital.

En la calle hacía frío, era invierno, pero eso no le importaba demasiado a Estela, que sin pensarlo dos veces acompañó a su querido abuelo al hospital.

Allí les dijeron que se fueran a casa y que cualquier contratiempo que hubiera se lo harían saber enseguida, pero Estela era reacia a irse, no quería abandonar a la persona que más quería. Sin embargo, sus padres se la llevaron a casa.

De camino a casa no dijo una palabra, parecía ausente, pensativa… pero cuando llegaron y antes de darles tiempo a sus padres a apearse del coche, ella le formuló una pregunta a su padre que le dejó boquiabierto. Estela pensaba que si su padre era realmente un hombre tan importante y conocía a tanta gente porqué no podía contratar a los mejores médicos del mundo para curar a su abuelito. El señor Clayton le contestó que muchas veces el ser importante o el tener mucho dinero no servía para nada. Él sabía que su hija no entendería en aquel momento lo que le estaba explicando, por lo que, con mucho tacto y cariño, le dijo que ya lo comprendería cuando fuera un poco más mayor. Las palabras de su padre sólo sirvieron para confundir a Estela.

Tanto el señor como la señora Clayton sabían que esto era un duro golpe para Estela porque eran conscientes de lo mucho que ésta quería a su abuelo. Y, también tenían miedo de cómo le iba a influir a su hija. Ellos conocían la verdad pero por mutuo acuerdo decidieron no decírselo a ella para no hacerla sufrir más. Pero…

El mundo de las tinieblas hizo su aparición. Desde aquella noche, Estela enmudeció, no quería hablar con nadie, sólo pensaba en su abuelo y rogaba que fuera como fuera se pusiese pronto bien para poder jugar de nuevo con él. De esta triste forma, pasaron los meses, sin ningún cambio en la mejoría de su abuelo. Ella deseaba ir a verlo todos los días pero ni sus padres ni los médicos se lo permitían. Sin embargo, una mañana su madre subió a su cuarto y le dijo:

- 'Vístete, Estela, vamos a ir al hospital, a ver a tu abuelo.'

Estela corrió como una gacela a ponerse guapa para su abuelito y no tardó ni cinco minutos en bajar las escaleras y llegar al vestíbulo de su casa, preparada e impaciente para ir a verlo. Ella estaba segura de que iba a poder hablar con él, acariciarle como ella acostumbraba a hacerlo. Pero, cuando llegaron al hospital no la dejaron entrar ya que su abuelo estaba en la UVI. Así que sólo lo pudo ver desde la calle puesto que Thomas al saber que sus nietas estaban allí, hizo que su mujer le acercara una silla a la ventana para poderse asomar y de esa manera poderlas ver y saludarlas. Esa sería la última vez que Estela vería a su abuelo, Thomas, con vida.

La madre de Estela cogió el teléfono y la voz que oyó al otro lado del aparato provocó en ella tal impacto que todo su cuerpo se heló tan deprisa como un iceberg. Su marido le preguntó qué pasaba, sin embargo la pobre señora Stephanie solamente fue capaz de responderle con lágrimas que caían y se deslizaban por todo su encantador rostro. No fue necesario que Stephanie dijera lo que sucedía. Esas lágrimas simbolizaban algo muy trágico y desgarrador para toda la familia, pero sobre todo para Estela. Ésta supo entender lo que le pasaba a su madre y sin emitir un sólo sonido, se levantó de la mesa, se dirigió a la puerta de la calle, la abrió y echó a correr colina abajo sin rumbo fijo.

El ser que más quería, el que más la comprendía, con el que más jugaba, aprendía y admiraba, se había ido para siempre. Para todos fue muy duro, pero Estela jamás volvería a ser la misma niña de siempre. Era como si le hubiesen arrancado parte de su alma.

Durante toda la noche anduvo por las calles de Brighton. Ya no sentía ni el frío, ni la lluvia acariciando su piel. NADA. Sólo se limitó a deambular como una vagabunda por la ciudad, maldiciendo a su abuelo Thomas por haberla abandonado.

Su padre, quien en un principio intentó detener su huida, salió en compañía de la policía local a buscarla, deteniéndose en callejones, cafeterías,… El pobre hombre se estaba empezando a desesperar. Estaba lógicamente muy preocupado porque no sabía dónde podía estar, pero lo que más le inquietaba en aquellos dramáticos momentos era que su hija pudiera cometer alguna tontería. Recorrió todos los lugares a los que

Estela solía ir. Fue a las casas de sus amigos y siempre regresaba al coche patrulla con las manos vacías.

Estaba amaneciendo y en el instante en que uno de los policías le iba a decir al señor Clayton de regresar a casa, éste les dijo que aún faltaba un lugar por el que no habían pasado. El policía más joven le preguntó por el sitio en cuestión y el padre de

Estela le contestó que se dirigieran a la playa. El sargento James, que así era como se llamaba este joven oficial de policía, le dijo a David que allí era imposible que Estela estuviera porque no era un sitio muy normal para una niña de su edad. Sin embargo, David insistió diciéndole al policía que conocía muy bien a su hija y que tenía la corazonada de que Estela se encontraba allí porque a ella le gustaba mucho oír el tranquilo sonido de las olas al chocar contra el malecón y además en el estado en que se hallaba sería el lugar perfecto.

La playa de Brighton era inmensa, cruzaba la costa de punta a punta. A lo largo de su gigantesca longitud y adentrándose en el mar habían tres muelles. Uno de ellos ya no existía, pero los otros dos sí. De éstos, el Palace Pier había sido reconstruido para hacer una pequeña feria en donde podías montarte a una noria, como a un tiovivo o si lo preferías irte a jugar a las máquinas. Se parecía a un parque temático pero en miniatura. Prácticamente estaba abierto por el día y los fines de semana hasta las doce de la noche.

El otro que aún quedaba en pie, y cuyo nombre era West Pier, estaba situado a bastante distancia del Palace Pier, estaba sólo, apartado de la civilización, de los turistas, era como el hermano desterrado al que nadie quería excepto Estela. A ella le encantaba por ser tétrico y viejo y aunque estaba desgastado por el agua marina parecía tener vida propia. Se resistía a derrumbarse, seguía erguido allí como una especie de guarda, de vigilante, expectante a todo ser que se aproximaba cerca de él. Estela, muchas tardes, iba allí, se sentaba en una enorme roca justo enfrente de él y lo observaba durante horas. Muchas veces ha tenido el impulso de meterse en el agua y acceder a él porque se preguntaba que tendría guardado en su interior ese solitario lobo de mar, pero sabía que era peligroso porque la madera ya estaba muy gastada. Así que prefería quedarse en aquella roca y hablarle y en cierto modo Estela tenía la sensación de que aquel inmenso guardián la comprendía. Se sentía muy a gusto cuando estaba allí porque olvidaba todo lo que inconscientemente le hacía daño.

Cuando llegaron a la playa y sin dar apenas tiempo a que el coche se detuviera el señor Clayton salió disparado en busca de su hija. Miró, en primer lugar en el Palace Pier y al comprobar que no había rastro de ella se fue directamente al segundo muelle. Para acceder a éste tuvo que bajar unos escalones. Los policías iban como locos detrás del hombre. David no tuvo ninguna dificultad en encontrar a Estela. Nada más bajar los escarpados escalones, giró a la derecha, siguió en dirección recta y divisó una roca grandísima. Al principio no la vio pero luego la rodeó y detrás de aquella roca estaba su hija totalmente empapada en agua. El señor Clayton la cogió en brazos y la llevó de regreso a casa sana y salva.

Durante el trayecto, los únicos sonidos que se podían escuchar a través de su dulce y diminuta boca era el nombre de su abuelo Thomas.

El cuerpo de Thomas sería sepultado bajo tierra al día siguiente de que el señor

Clayton encontrara a Estela, mientras tanto descansaba en paz en el único tanatorio de la ciudad.

Cuando Estela y su padre, por fin, llegaron a casa, toda la familia les estaba esperando en el pórtico. Estela salió del coche y fue corriendo a refugiarse en los brazos de su madre.

- '¿Estela, hija mía, por qué has hecho semejante cosa? Estamos muy preocupados'.

- 'Mamá, necesitaba estar sola pero no aquí'.

- 'Bueno, sube arriba y échate un rato. Tienes que descansar'.

- '¿Mamá, mi hermana y yo vamos a ir con vosotros al entierro?'

- 'No creo. Pienso que es mejor que os quedéis las dos en casa. Ya no...'

- '¡Pero, mamá!, a mi me gustaría decirle el último adiós al igual que a mi hermana'.

- 'Estela, hija, ya no podéis hacer nada y tanto tu padre como yo pensamos que lo mejor es que no vengáis y no se hable más.'

Estela, resignada, subió a su cuarto y allí se quedó, refugiada en su cama durante meses. No quería salir, ya nada le importaba. Nada tenía sentido en su vida si su abuelo no estaba a su lado y a pesar de que siempre había gente a su alrededor que nunca la dejaban sola e intentaban animarla, ella se sentía sola y desconcertada.

Una noche, algo hizo que se sobresaltara. Ella estaba durmiendo cuando una cegadora luz invadió su cuarto y como un gato erizado, abrió los ojos, se incorporó y las primeras palabras que dijo desde hacía muchísimo tiempo, fueron: ¡ABUELO! ¡ABUELO THOMAS!.

Desde luego, cualquier psicólogo diría que cuando una persona se encuentra en el estado en que se hallaba por aquella época Estela, es muy difícil saber distinguir con claridad la línea que separa el mundo real del mundo de los sueños. De hecho es lo que le estaba sucediendo a nuestra protagonista. Para Estela, aquella luz era su queridísimo abuelo, y que según ella, había ido a verla con el fin de obligarla a salir del caparazón, del pozo en donde estaba para que cuidara de todas las cosas que, hasta aquel día, habían estado haciendo los dos. Sentía que su abuelo estaba con ella y que nunca la abandonaría.

Cualquier persona creyente, a diferencia de los médicos, asociaría todo aquello con los milagros. Sin embargo, fue la propia Estela la que hizo que pasara. Fue ella la que decidió despertar de aquel letargo y seguir viviendo para que su abuelo, donde fuera que estuviese, pudiese estar orgulloso de ella. Y así fue como Estela salió de su primer tropezón con aquel mundo vació, negro, que ella, sin saberlo, había creado pero que ante sus ojos era tan real como la vida misma.

Su madre estaba abajo, en la cocina y cuando la vio aparecer por la puerta, por poco le da un infarto. La mujer no daba crédito a sus ojos. Allí estaba, delante de ella, vestida con sus pantalones tejanos, una camisa morada, sus zapatillas deportivas y con la mochila a la espalda, lista para irse al colegio con su hermana. Allí, se quedaron las dos, durante unos segundos, mirándose sin dirigirse la palabra. Pero, Stephanie, como madre que era, no tardó mucho en preguntarle cómo se encontraba y si estaba segura de que quería volver al colegio. Estela, tranquila y sonriente, le contestó que sí.

Su madre estaba atónita, parecía como si hubiese pasado un tornado por su casa y hubiese barrido a aquella aura negativa que rodeaba a su hija.

Por aquel entonces, Estela solamente tenía nueve años aunque por su manera de ver las cosas parecía mucho mayor. Y, aquel curso de 1980, que jamás podría borrar de su mente, lo salvó sin apenas esforzarse demasiado. Todo aparentaba ir viento empopa y a toda vela. Pero a la llegada del verano, cuando todas las cosas alcanzan su esplendor, familiares y amigos comenzaron a notar que Estela ya no era aquella niña alegre, feliz y radiante. Ahí fue cuando de verdad se dieron cuenta de que ella no se había repuesto de tan trágica muerte, y lo que es peor, de que nunca más lo haría. Sin embargo, todos ellos dejaron que la nueva Estela brotara, la aceptaron sumisos sin mover un sólo dedo por ayudarla. En parte, parecía como si a todo el mundo le diera igual lo que le pasara. Así que, durante aquellos dos largos y angustiosos meses de verano los pasó refugiada entre aquellos seres que de verdad la querían, sus animales. Con ellos daba largos paseos, paseos que antes hacía con su abuelo y desde luego con su fiel compañera, su perra Betsy. Ella, ¡SI!, era feliz, pero no se estaba dando cuenta de que se estaba alejando cada vez más del resto del mundo y se iba aproximando a aquel mundo que un día creó. La melancolía, la tristeza se estaba apoderando de ella y ya era demasiado tarde para que alguien hiciera algo por esta niña desdichada. Tal era su agonía que cada vez comía menos y lo único que la mantenía a flote eran sus pensamientos.

Aquel mismo verano sus pensamientos hicieron revivir en ella a aquel actor que un día vio en el cine y entre él, su abuelo, sus animales y sus recuerdos hacían que ella consiguiera de alguna forma sobrevivir en el mundo real.

Por supuesto, ella todavía seguía siendo ignorante de lo que pasaba a su alrededor, simplemente era como algo innato que empezaba a aflorar. Ese cambio de personalidad repentina, aunque en realidad no lo era tanto, sólo era visible a los ojos de sus amigos, si así los podemos denominar, y a los de sus familiares.

Todo eso provocaba que ese encierro en aquel oscuro y sombrío mundo acelerara más su proceso. Sus padres, si un día era más detectable que otro, entonces decían que era debido al cambio del clima o cosas semejantes. Mientras tanto, Estela que, de algún modo, ya empezaba a ser consciente de lo que pasaba, seguía ahí, sin luchar por salir y desde luego, cada vez más interesada en la filosofía oriental. Para ella era muy cómodo mantener dicha postura porque así nadie le molestaba ni agobiaba y al fin podía ser libre para hacer lo que quisiera. Sin embargo, de lo que no era consciente es que aquello podría desencadenar en un trágico y penoso final y no precisamente la conduciría a un lugar placentero como ella creía.

Todo esto también hizo su aparición, y desde luego a formar huecos, inmensos huecos, en los estudios de Estela. En clase tampoco era la misma. Ella llegaba, se sentaba delante de su pupitre, sacaba su cuaderno y libros, pero la mayor parte del tiempo que duraba la clase se quedaba absorbida en ese mundo como si en el aula únicamente estuviese ella. De ser una niña tranquila y amistosa pasó a ser, para sus compañeros y profesores, una niña rebelde y problemática que reñía por cualquier cosa con cualquiera de los alumnos llevando consigo que su rendimiento como estudiante bajase hasta el punto de sacar más suspensos que aprobados. Había dejado de ser aquella niña modelo y estudiosa. Esos últimos años de primaria fueron un auténtico revuelo en las aulas provocado por la ira, la furia, la rabia que Estela llevaba en su interior. Y aún así, sus padres seguían pensando que no era nada, que eran etapas por las que un niño de su edad tenía que pasar y no le daban más importancia que esa.

Así, de este modo tan dramático, fueron pasando los últimos inviernos y veranos de su infancia. Cada vez ese cambio se iba acentuando más, con más poder…, pero, curioso era, cuanto más fuerte y poderoso se hacía, los ojos de familiares y amigos, exceptuando a uno o dos, se iban cerrando con una velocidad vertiginosa. Al principio, aún eran conscientes del cambio, aunque pasivos, pero ahora era mucho peor, ¡Estela ya daba igual como se comportara, definitivamente no importaba a nadie!

CAPÍTULO 3

- '¡Estela, cariño, date prisa o llegarás tarde a tu primer día de clase en el Instituto!'
- '¡Sí, mamá, ya voy!'
- '¡Qué guay, hermanita, ya estás donde los mayores!'
- 'Allí te esperaré dentro de dos años' - le dijo Estela a su hermana Carol.
- '¡Estela, venga, que el autobús no espera!'

Y Estela dándole un cálido beso a su madre, salió corriendo a la parada del autobús. Ésta se hallaba a tan sólo unos metros de su casa, simplemente tenía que girar la esquina de su casa para encontrarse con ella. Y tan puntual como las agujas de un reloj, un enorme y amarillento autobús de dos pisos aterrizó en el lugar. Estaba repleto de gente chillando y hablando entre ellos como si estuviesen sordos. Así que cuando subió al autobús, su mirada se desvió del conductor en busca de un sitio donde poderse acomodar y entre aquella multitud que apenas dejaban ver nada, encontró un asiento en la última fila. Pero, ¿cómo lograría alcanzar su objetivo entre aquel enjambre de avispas que la rodeaban? Pensó que lo mejor era pasar sin hacer el menor ruido posible y así de esa forma llegó a su asiento sana y salva. Una vez acomodada en él, su mirada se desvió a la pequeña ventanilla cristalina que tenía a su lado y a través de ella disfrutó del paisaje hasta llegar al Instituto.

Durante el trayecto, no dirigió palabra alguna con nadie. Sencillamente se limitó a observar el comportamiento irracional de aquellos seres. Ella se había convertido, en aquellos últimos años, en una muchacha solitaria, no tenía muchos amigos, a decir verdad ninguno. Todos aquellos que un principio lo fueron se iban alejando cada vez más de ella puesto que no alcanzaban a comprender, o no querían saber, como era, lo que le ocurría…. Pero, a esas alturas, no le afectaba demasiado tal rechazo y tal vez, de alguna manera, ella misma deseaba que esos incidentes sucedieran.

Ese sería el sendero que nuestra querida amiga decidiera tomar para el resto de su vida. Sendero, que en su comienzo era benigno, pero que lentamente se iría transformando en un cáncer maligno, difícil de eliminar.

Un estruendoso sonido hizo que Estela desviara la mirada del cristal hacia la persona que conducía aquel autobús. Las ruedas chirriaron y un fortísimo frenazo provocó que su cuerpo se inclinara hacia el asiento delantero. Estela pensó que había pasado algo grave, pero, en realidad, no era otra cosa que la llegada a su destino. Las puertas se abrieron y, en aquel mismo instante, el enjambre de avispas salió como una exhalación de aquella colmena gigante. ¡LIBERTAD! parecían decir a gritos todos ellos.

Al contrario que los demás y como el patito feo de un cuento infantil, Estela fue la última persona en bajar los tres delgados escalones que la empujaban hacia esa realidad que ella rechazaba. Era el momento en que se tenía que enfrentar con todo aquello.

Tranquila y pausadamente atravesó la puerta de hierro del Instituto. Sin detenerse, se dirigió como un robot a la clase de 1ºA. Cuando entró, todos sus compañeros de aula ya estaban allí y, al igual que en el autobús, le tocó sentarse en la última fila.

Aquel primer año de 1985 no empezó muy bien para Estela. Había tres chicas en su clase que durante la hora del almuerzo, en la que todos los estudiantes salen al patio para descansar o comer algo, se dedicaban a robar los materiales escolares de sus compañeros e incluso, alguna que otra vez se divertían cogiendo los almuerzos de los demás. Además, parece que también disfrutaban burlándose del resto de la gente, y entre esta gente estaba Estela. Ella jamás les dijo nada, aunque estaba segura que eran ellas las que hacían todas esas cosas. Se limitaba a llevarse consigo todo el material y otros objetos para que no se los pudiesen coger. Entre esas tres muchachas y el ambiente enrarecido que se respiraba en la clase, Estela no estaba muy a gusto en ella. Sólo, durante aquel año, surgió algo que haría que Estela llevara mejor su situación en aquel Instituto.

Ese mismo año estalló la última revolución estudiantil desde la de 1968. Todo el país se puso en pie de guerra. Los estudiantes decidieron que había llegado la hora de que se les escuchara y para ello hicieron manifestaciones, encierros, mítines, etc. Ellos se dieron cuenta que el gobierno estaba preocupándose más por la mejora a nivel privado y estaba dejando de lado a la enseñanza pública. Entre los cabecillas del Instituto de Brighton estaba Estela. Ella estaba orgullosa de hacer algo bien por una vez en su vida de adolescente, se sentía dichosa y feliz. Pasaba muchas horas fuera de casa reuniéndose con sus camaradas de lucha. Eso sí, esas salidas durante la semana retrasaban un poco el rendimiento en sus estudios por lo que cuando llegaba a casa, ya de noche, tenía que quedarse a estudiar y ponerse al día para no quedarse muy retrasada. Pero no le importaba porque, según ella, esas horas perdidas eran por una buena causa. Sin embargo, para poderse escapar a esas reuniones clandestinas, siempre tenía que inventarse excusas para que sus padres ni se enfadaran ni sospecharan de nada puesto que el señor Clayton tenía una ideología bastante diferente de la de su hija y el que se enterara supondría probablemente un duro enfrentamiento entre ambos. Así que era mejor que no supiera nada.

Así pues, en aquel sabático y fantástico año para Estela y gracias a aquel grupo, entabló algunas amistades que hicieron que la soledad se esfumara y, por supuesto, esa nueva faceta de guerrillera desvió algún tiempo la trayectoria de aquel agujero negro que años más tarde haría su aparición absorbiéndola para siempre.

CAPÍTULO 4

- 'Abuela, me voy al prado con las vacas'.
- 'De acuerdo, Estela, pero no llegues muy tarde'.
- 'No te preocupes, que antes de que anochezca estaré de vuelta'.

Estela, seguía siendo feliz entre sus animales, y al igual que hacía cuando era una niña, jugaba con las reses bravas como antes, les contaba historias, les daba de comer. Sólo echaba de menos a dos seres queridos, a su abuelo y a su perra Betsy que falleció aquel frío invierno. Era muy viejecita y ya había llegado su hora, pero aunque ninguno de los dos estaban presentes en cuerpo sí que lo estaban en el corazón de Estela. Y de ese modo pasaba los veranos conviviendo con su ganado y con su abuela que la pobre mujer, desde la muerte de su marido, ya no quería quedarse sola en la granja, por lo que cuando las primeras hojas del Otoño se desprendían de los árboles ellas regresaban a la ciudad con gran pena y dolor porque de la tranquilidad que el campo inspiraba y donde el aire era tan puro como un niño recién nacido, se introducían en la tempestad de la metrópoli en la que la contaminación era la reina de la ciudad. Sin embargo, ambas eran conscientes de que el verano no tardaría en llegar y eso hacía que las dos, tanto nieta como abuela, mantuvieran cierta felicidad.

Con la vuelta del otoño también vino el regreso a las aulas, el nuevo curso y el reencuentro con sus compañeros de lucha. No obstante ya no iría sola al Instituto porque su hermana Carol entraba a formar parte de aquel edificio.

A lo largo de aquel curso, la vida de Estela se vería impregnada de maravillosos eventos cuyos efectos darían paso a la vuelta de la risueña niña pero que desgraciadamente se verían oscurecidos por otros un tanto sombríos, no dejando así que esa niña angelical renaciera por completo y cobrando una importancia vital para el futuro de Estela.

CAPÍTULO 5

Eran las 8:00 de una fría mañana de invierno. Las aulas estaban llenas de gente gritando y jugando. La clase de Estela era, sin lugar a dudas, la más alborotadora de todo el edificio.

Cuando Estela llegó a la cristalina y opaca puerta de su clase, respiró profundamente y con paso lento y pausado se adentró en el aula. Ante aquella jauría de gente y esquivando como podía las bolas de papel que sus compañeros disfrutaban lanzarse unos contra otros, llegó como siempre a aquel solitario pupitre ubicado en la parte trasera de la clase.

Se sentó, sacó sus libros y mientras esperaba la llegada del profesor de Latín, al cual aún no conocía, se quedó mirando a esa docena de animales salvajes revoloteando a su alrededor.

Entre aquel bullicioso grupo de gente, un señor bajito, de rostro celestial y de unos sesenta años hizo su entrada y de repente una voz angelical se dejó oír en toda el aula. Esa serenidad y paz que su dulce voz transmitía, causó una tremenda impresión en Estela. Y como por arte divina y de forma casi inmediata se produjo una mágica conexión entre profesor y alumna que duraría para siempre.

John era un profesor exigente pero comprensivo con aquellos alumnos que a pesar de esforzarse por entender y aprobar la asignatura rara vez lograban su propósito, con lo que siempre les daba más oportunidades a la vez que dedicaba parte de su tiempo libre con ellos. Entre dichos alumnos, se encontraba Estela, a la que, sin saber por qué, encontró en ella algo muy especial. De hecho siempre que se cruzaban en los pasillos no había un solo día que no le dijera algo.

Por aquella época, su hermana Carol también estaba estudiando en el mismo centro que Estela. Su clase estaba contigua a la de Estela.

Un día, entre clase y clase, Estela se encontró a su hermana. Esta estaba hablando con una chica rubia cuya rubia y dorada melena se deslizaba por sus anchos hombros. Estela se acercó a ellas.

- 'Hola, Carol, ¿Cómo va?'

- '¡Genial!' Hizo una pequeña pausa y prosiguió, 'no os he presentado. Estela esta es Tina.'

Y así fue como dio comienzo una hermosa amistad que perdura hoy en día. Las tres se convirtieron en un trío inseparable y muy unido, al que nada ni nadie podía destruir. Eran tres personas y una sola mente. A las tres les encantaba el teatro. Las tres se preocupaban por el futuro de los adolescentes y por el suyo propio y las tres eran la envidia de la gran mayoría de los jóvenes. Eran el trío perfecto. Cuando una tenía un problema, lo comentaba y las otras dos le servían la solución en bandeja. Estela se encontraba acogida desde hacía mucho tiempo pero aún así sentía en lo más profundo de su alma que le faltaba algo más para estar completamente llena. De hecho no todo fueron alegrías durante aquel curso.

◆

Era la hora de física y como de costumbre, Estela estaba sentada en su 'adorado' pupitre. Delante de ella, había una compañera suya con la que apenas cruzaba palabra alguna.

Estela estaba escuchando atentamente las explicaciones de la profesora cuando su compañera se giró y dejó caer su brazo encima de los apuntes de Estela.

- 'Por favor, Sam ¿Puedes quitar el brazo?'

Sam no hizo caso a las palabras de Estela, pero Estela volvió a insistir.

- 'Sam, no puedo tomar apuntes si no apartas el brazo'

Sam siguió ignorándola como si nadie estuviera hablando con ella al mismo tiempo que Estela iba notando en su interior como una fuerza abrasante recorría todos sus órganos hasta llegar al principal: el cerebro. En ese preciso instante, Estela, sin más y viendo la actitud de su compañera, decidió entrar en acción. La cogió del brazo y la amenazo con rompérselo si no hacía lo que le había pedido. Sin embargo, Sam, que no era la típica niña tímida y obediente que acataba cualquier orden que se le fuera impuesta, lanzó su mano, como si de la de un gato se tratara, arañando a Estela hasta conseguir dejarle marcada su firma. El resto de compañeros, en lugar de separarlas, estaban observando atónitos aquella pelea entre titanes. Pasados un cuarto de hora, las dos se hallaban ante el director del centro quien determino la expulsión de ambas durante dos semanas.

Aquella pelea no fue sólo una simple batalla, fue el resurgir de la ira, la rabia que Estela tanto había mantenido escondido en su subconsciente.

Aquella niña tímida, sumergida en sus pensamientos más oscuros, aislada del mundo real, había dado paso a una muchacha rebelde que cubierta con su coraza de hierro, estaba dispuesta a enfrentarse a todo y a todos con el único fin de protegerse.

Sus 'queridísimos' padres, al igual que ya hicieron en su infancia, consideraban dicho comportamiento como causa del periodo adolescente que toda persona debe pasar en la vida. Esto ya no afectaba a Estela. Ella ya sabía la reacción de sus padres hiciera lo que hiciera.

◆

La voz del comentarista deportivo se vio interrumpida por el tembloroso sonido de aquel antiguo teléfono que había en la sala de estar de los señores Clayton.

Cuando el señor Clayton descolgó el auricular, una voz entrecortada le comunicó que debía pasarse por la comisaría si quería que sus hijas y una amiga salieran en libertad. El señor Clayton se quedó en estado de shock mientras oía tan terribles noticias.

- 'Señor Clayton, ¿me ha escuchado?'
- 'Si, perdone. Ahora mismo voy.'

◆

Finalizado el día escolar, un grupo de estudiantes, entre los que se encontraba el famoso trío, estaban reunidos en la sala de profesores decidiendo si secundaban la manifestación convocada por el comité central de estudiantes del país en protesta del sistema educativo que el gobierno de aquella época les quería implantar y con el que no estaban de acuerdo puesto que significaba un retroceso para la educación.

Después de varias horas deliberando el asunto, acordaron en apoyar la causa la cual, aunque a ellos ya no les podría ayudar en su desarrollo educativo sí que beneficiaría a las generaciones venideras.

Al día siguiente, cuando aún medio dormida Estela miró por la ventana entreabierta de su habitación, le vino una ráfaga de aire enrarecido. Entonces supo que algo iba a oscurecer aquella manifestación estudiantil pero su fuego interno le decía que no podía dar marcha atrás. Se vistió y como una exhalación salió corriendo al encuentro de sus camaradas de lucha.

Al principio, la manifestación se desarrolló con total normalidad pero después de media hora marchando por las calles de Brighton, un grupo de ultra derecha se mezcló entre los manifestantes provocando el enfrentamiento de estos con las fuerzas del orden público. La policía comenzó a lanzar gases lacrimógenos y pelotas. Las calles de Brighton eran un completo caos, ya no se distinguía a los manifestantes de los que no lo eran. Entre tanto revuelo, Estela había perdido a su hermana y a su amiga. No sabía a dónde estaban.

Aquella lucha encarnizada acabó con la detención de varios ultras, estudiantes, entre los que se hallaban las tres amigas y unos doscientos heridos.

CAPÍTULO 6

- '¡Qué bien, abuela, ya estamos de nuevo aquí!'
- 'Si, mi amor.'

Estela estaba tan emocionada y feliz de volver al campo, que no dejaba de hablar, reír…

- 'Abuela, me voy a dar un paseo por el pueblo.'
- 'De acuerdo, pero ten cuidado.'

Su abuela siempre le decía lo mismo aunque bien sabía ella que su encantadora nieta conocía mejor que nadie todo aquel inmenso y verde mundo.

A unos dos kilómetros de la granja, había una pequeña y tranquila aldea donde la mayor parte de la gente se ganaba la vida trabajando en el campo; otros tenían negocios propios como un supermercado, un bar, una panadería…

Todo el mundo se conocía y a pesar de no tener una economía grandiosa, eran las personas más dichosas del planeta. Decían que no cambiarían nunca su humilde estilo de vida por uno más ostentoso en la gran ciudad.

◆

De camino al pueblo, a Estela siempre le gustaba detenerse en un pequeño huerto, propiedad de sus abuelos. Se sentaba y admiraba el esplendoroso paisaje que allí se cernía ante sus ojos.

Aquella tarde, mientras estaba contemplando a unos lindos y diminutos pajaritos revolotear a su alrededor, una moto amarilla se detuvo e hizo que Estela dejara de observar a aquellos preciosos canarios.

Estela se giró y vio a un chico alto, corpulento, de pelo rizado y moreno como el carbón, apearse de aquel estruendoso vehículo.

- 'Hola, ¿qué haces?' preguntó el muchacho.

- 'Oh, solo estaba admirando el paisaje,' contestó Estela.

- 'Perdona, no te he dicho mi nombre. Me llamo Stevenson, pero todos me llaman Steve. Soy el hijo de la dueña del hostal del pueblo.'

- 'Mi nombre es Estela.'

Durante unos minutos, ninguno de los dos dijo nada, simplemente se quedaron mirando el uno al otro como si ya se conocieran, preguntándose donde se habían visto antes. De repente Steve preguntó:

- 'Estela, ¿Cuándo eras pequeña solías ir al hostal con tu abuela y pasar horas allí jugando con lo que te dejaba mi madre?'

- '¡Sí! ¡Claro! ¡Ya está! Sabía que me eras muy familiar pero no recordaba muy bien de qué.'

- 'Bueno, ahora que ya nos conocemos, ¿te apetecería dar una vuelta conmigo en esta vieja máquina?' le preguntó Steve.

- 'Por supuesto que sí,' respondió ella sin dudarlo.

Desde aquel día, los dos jóvenes se harían inseparables. Tal y como pasaban más horas juntos, más se fortalecía su amistad e inconscientemente más fuertes eran las cadenas que los unían.

Con él, Estela había encontrado, al fin, aquella dicha que un día fatídico se volatilizó con la muerte de su abuelo Thomas. Él la hacía reír, la sabía entender sin necesidad, a veces, de que ella le contara lo que le pasaba. ¡Por fin había hallado a alguien con el que poder compartir todo! ¡Ahora volvía a estar entera! Era como un regalo divino, como si su adorado e intocable abuelo nunca se hubiera ido, pensaba Estela.

Si bien es cierto que con sus amigas tenía cosas en común y con las que se divertía, él las superaba con creces. No tenía nada que ver con la gente normal. Era especial como ella. Era su complemento.

Durante los dos siguientes años, Estela disfrutó al máximo de lo que se le había concedido. Sus amigas, que no habían cesado nunca de ayudarla para que volviera a ser la que era, cosa que a pesar de pasar juntas pequeños momentos emocionantes, jamás lo habían logrado, estaban estupefactas al ver el radical cambio que su compañera de fatigas había dado. Y todo gracias a aquel muchacho, de nuevo estaba integrada en aquella sociedad que la había golpeado duramente. Sin embargo, el resplandor de su dulce rostro no iba a perdurar por mucho tiempo.

CAPÍTULO 7

Un día de Otoño de 1988, en el aula de COU A se estaba dando una clase de Literatura en el Instituto de Secundaria de la ciudad de Brighton.

Eran las nueve de la mañana y en la penúltima fila de la clase había una muchacha que en lugar de escuchar los versos de William Blake, se dedicó los 50 minutos a observar el cristal de la ventana. Parecía como si aquel cristal la tuviera hipnotizada porque no apartó, en ningún momento, la vista de aquel ventanal.

Durante aquellos minutos, ella empezó a sentir unas sensaciones verdaderamente extrañas. Era como si no hubiera nadie más en el mundo, excepto ella y aquel cristal por el que no veía otra cosa que una "puerta" que se iba abriendo poco a poco y que la invitaba a pasar. Al principio dudó, pero luego aceptó dicha invitación y lo que halló detrás de aquella "puerta" fue un agujero negro donde ella podría hacer las cosas que quisiera sin que nadie se burlara de ella.

Se volvía a encontrar con aquella cosa que hace años había creado pero con la diferencia de que hasta este día no sabía lo que todo aquello realmente significaba. Al comienzo de esta horrible pesadilla simplemente conoció la primera capa de aquel infierno. Ella notaba que se encontraba bien consigo misma y pensaba que no había razón para indagar más. Sin embargo, este año sí que iba a empezar a saber esa verdad que durante tanto tiempo había estado oculta, sí que conocería con lo que se enfrentaba aunque, al igual que hizo cuando era pequeña, ella se encontraba muy a gusto en aquella especie de mundo propio con lo que una vez más no veía ningún motivo por el que tuviera que combatirlo. Y así lo hizo, ella lo aceptó.

Cuando la clase de Literatura finalizó, nadie de los que había en el aula se dio cuenta del estado en el que se encontraba Estela, excepto una persona, su profesor. Éste tomó la sabia decisión de averiguar porque se comportaba así ya que le pareció raro que a una muchacha a la que le encantaba la poesía de William Blake no hubiera escuchado ni comentado ninguno de los poemas que él había estado leyendo en clase. Por lo que, aquel día, antes de que Estela le diera tiempo de salir del aula, él le dijo que se esperara un momento. Estela, en un principio, se negó a tal petición diciéndole que tenía mucha prisa pero no le valió de nada ya que él la obligó a quedarse elevando un poco la voz. Así pues y con los ánimos un poco calmados, su profesor de literatura empezó a preguntarle lo que le pasaba y el por qué de tal comportamiento. Desde luego no obtuvo una respuesta inmediata, Estela no era una persona partidaria de contarle a cualquiera lo que le sucedía, pero al final habló, le comentó lo que le había sucedido y cuando acabó de narrarle los hechos, él le dijo que podría ayudarla fuera de las clases escolares reuniéndose con ella en el departamento. La ayuda estaba enfocada a que Estela pudiera expresar todas esas sensaciones sin ningún pudor. Él notaba que a ella le costaba expresarlas verbalmente por lo que su objetivo era que las plasmara en un papel. A Estela no le pareció una mala idea y aceptó tal ayuda.

Así que en los días sucesivos, los dos se reunían en el Instituto o en algún sitio tranquilo donde él pudiera trabajar con ella y llegar a donde estaba Estela en aquellos momentos. Estuvieron trabajando juntos horas y meses enteros. Además de ayudarla en ese aspecto, también la ayudaba a preparar los exámenes. Y gracias a él, Estela lentamente iba entendiendo, y de alguna manera aceptando lo que le estaba pasando.

Todo iba muy bien, se estaban haciendo grandes progresos. Sus amigas, que si habían notado que había cambiado, se alegraron al verla renacer de nuevo, a pesar de que ella todavía seguía encerrada en ese mundo. Pero, llegó el verano y Estela dejó de reunirse con su profesor.

En un principio, la llegada de la colorida estación significaba la salvación de Estela puesto que se volvería a reunir con sus animales y sobre todo con su querido amigo.

◆

- 'Abuela, me voy al pueblo. Regresaré a la hora de la cena.'

Estela estaba ansiosa y deseosa de volver a ver a aquella persona que la hacía volar y la impregnaba de felicidad.

En su corto recorrido al pueblo, iba saltando, recogiendo flores silvestres y saludando a todo transeúnte que pasaba por su lado.

Cada minuto que pasaba, más cerca estaba de verle y más intenso era el revoloteo de mariposas en su interior. No entendía el por qué de aquella excitación ya que era sólo un amigo o así lo creía ella.

Cuando por fin divisó las primeras murallas de la aldea, su paso se aceleró hasta llegar al bar donde siempre se reunía toda la gente joven.

Su sonrisa y alegría marcaban las fracciones de su rostro. Abrió aquella inmensa puerta de madera de roble y allí estaba él de espaldas a la puerta, con su jersey de polo rojo, zapatillas de deporte y unos vaqueros un poco emblanquecidos, tal y como a ella le gustaba.

Estela se dirigía hacia él directa como una flecha, cuando de repente observó que una muchacha de melena negra como el cabrón y tan larga como la cola de un caballo estaba hablando con su amigo. Entonces se detuvo a mitad camino y pensó: "Y ¿qué? Da lo mismo. Tal vez no tenga importancia. Allá voy." Sin darse cuenta había dado paso a unos sentimientos que nada se correspondían con los de una buena amistad.

- 'Hola, Steve. Ya estoy aquí.'

La mirada de Steve era diferente a la que ella conocía. Estela, por alguna razón, sabía que algo había cambiado durante los meses en que no se habían visto.

- 'Oh, hola Estela,' dijo con voz temblorosa.

- '¿Qué pasa? Hay que alegrarse. He vuelto y este verano tiene que ser mejor que los anteriores.'

La muchacha de melena negra se levantó y sin decir nada se dirigió al aseo. En aquel instante, Steve aprovechó para decirle a Estela lo que pasaba, pero no sabía cómo empezar. A él le ocurría lo mismo que a su amiga. Los dos sentían algo más fuerte que una amistad pero no eran totalmente conscientes. Simplemente sabían que algo fuera de lo normal les estaba ocurriendo pero se resistían a llamarlo por su nombre: Amor.

- 'Estela, siéntate. Tengo que decirte algo.'

- 'Me estas asustando.'

- 'Este verano no voy a poder pasar contigo las 24 horas del día. Ahora hay una persona que ocupa mi corazón.'

En ese instante, Estela sintió como si le hubieran golpeado duramente hasta dejarla morir. Su rostro palideció convirtiéndose tan blanco como la nieve.

- 'Estela, ¿me has escuchado?'

- 'Sí. ¿Es la que estaba sentada hace un momento aquí?'

- 'Sí.'

- 'Bien. Qué seas muy feliz y espero que no te equivoques.' Dicho esto, dio media vuelta y se fue interrumpiendo las palabras de Steve.

- 'Estela, espera,…'

Las lágrimas le caían por su lindo rostro empapando el cuello de su camiseta. Corría y corría sin parar con el fin de alejarse de allí.

- 'Steve, te estoy hablando,' dijo Karen, la muchacha que se había convertido de la noche a la mañana en enemiga de Estela.

- 'Oh, perdona.'

- '¿Y la chica que estaba antes aquí? ¿Se ha marchado?'

- 'Sí.'

Steve estaba inmerso en sus propios pensamientos, dejando de lado a la chica que ocupaba ahora su vida, porque sabía en lo más profundo de su corazón que su verdadero amor era aquella paloma risueña que un día se encontró en la carretera.

Después de aquella in fastuosa tarde, las mentes de los dos jóvenes estaban llenas de sentimientos que de repente habían salido a la superficie. Sin embargo, ninguno haría nada, aún sabiendo lo que sentían el uno por el otro, por estar juntos porque implicaría que la amistad que habían forjado durante aquellos años se apagaría para siempre.

No volvió a verle hasta unos días después. Entonces, los dos más calmados se sentaron y estuvieron hablando durante horas. De esa conversación salió algo bueno: su amistad perduraría para siempre. Así lo habían decidido. Y no volverían hablar más sobre sí mismos y sobre lo que sentían el uno por el otro hasta años después.

Con todas sus fuerzas ambos estaban convencidos de que su relación seguiría como antes de la llegada de Karen, pero esto lo cambio todo. Su amistad que hasta entonces había sido tan sólida como el hierro de las cadenas, se iba deshaciendo con el paso de los días. Cada vez se veían con menos frecuencia. Prácticamente ni se llamaban. Y Estela se iba apagando de nuevo permitiendo que aquel armazón de hierro, que ella creía tener bajo su control, se fuera haciendo cada vez más y más poderoso hasta conseguir cegarla con el fin de que ella, una vez más, no pudiera distinguir lo que era mejor para sobrevivir o no.

Desde aquel momento, Estela empezó a experimentar fuertes cambios en su carácter: de ser la muchacha "alegre" que todos conocían, se transformó definitivamente en una muchacha hundida en la más miserable tristeza. Ella jamás volvería a ser la misma. La metamorfosis ya se había completado y ya no había marcha atrás posible.

Todos buscaban un por qué, pero nunca lo encontraban y lo que tiene mayor importancia, todo el mundo esperaba que ella luchara por salir de aquel estado, especialmente Steve. Sin embargo, se sorprendían al verla "feliz" en aquel lugar. ¿Por qué? por que al principio de todo esto, pensó que ese armazón, ese mundo que había creado a su alrededor, le haría soportar todas aquellas desgracias que se agarraban como lapas a la sociedad, pero como se verá a lo largo de esta historia y como ya se ha podido ver anteriormente, esa "cosa" se volvió contra ella, había tomado vida propia.

Ese "armazón" no era otra cosa que su otro YO que poco a poco había provocado que ella fuera cayendo en la más completa oscuridad. Y no se sabe cómo, había ido adquiriendo una fuerte influencia en ella con el fin de que sólo pudiera ver que la Nada, el mundo oscuro en el que estaba era el mejor, el que más le convenía.

Así estuvo, encerrada en esa cúpula indestructible, durante tres y angustiosos años, sin hablar apenas con nadie, ni tan siquiera con su propia familia.

A pesar de que esta situación se asemejaba a la que tuvo lugar cuando falleció su abuelo, ahora era completamente distinta. Por aquel entonces, tenía una posible y psicológica explicación: DEPRESIÓN MOMENTÁNEA a causa de aquella desafortunada muerte. No obstante, ese estado provocó el nacimiento de este espécimen, de esta especie desconocida por cualquier ser humano. Aunque, en realidad, nada tenía de raro ya que a cualquiera en un momento dramático de su vida le podía suceder lo mismo que a Estela. De hecho, hay mucha gente que habla consigo misma, lo que lleva a que se asemeje a lo que a nuestra protagonista le pasaba, pero con la diferencia de que ellos no se enfrentan contra sí mismos y Estela sí.

Ahora, a la edad de diecisiete años, la causa era inexistente, no había ciencia alguna que pudiera hallar una solución. El problema procedía desde muy dentro y la última capa de aquel "armazón" ya se había caído. Ahora, ya no habría en el mundo una Estela sino dos. Eran como dos hermanas gemelas, una era el lado débil y bueno y la otra era la fuerte y dañina.

Todos estaban muy preocupados porque ella no era así y no lograban explicarse por qué ella había vuelto a la misma situación que durante su curso escolar, ya que parecía totalmente recuperada, pero a pesar de todos los esfuerzos que se hicieron, a pesar de llevarla a los mejores médicos, nadie lograría diagnosticar lo que le sucedía, excepto, como ya hicieran una vez cuando Estela era una niña, sus animales.

Ellos fueron los únicos en notar y saber que aquella persona no era Estela. Ya no recibían de ella ese cariño que antes les daba. Se portaba mal con ellos, no los cuidaba, ya le daba igual como estuvieran.

A diferencia de los humanos, ellos se dieron cuenta de que aquella persona era la misma Nada, el mismísimo vacío. Sin embargo, tampoco sabían cómo poder destruir a aquella cosa para que su amiga volviera a ser la que una vez fue.

No sería necesario que nadie de los que la apreciaban hiciera nada, porque un día, mientras todos seguían buscando soluciones, algo hizo que saliera de ese sueño que, a imagen de sus seres queridos la estaba destruyendo.

Sus padres, que al principio no pensaban que era algo ilógico para una niña de nueve años, ahora, gracias a otras personas, sí que se sentían angustiados y un poco culpables por lo que le estaba pasando a su hija. Si ellos se hubiesen preocupado antes por ella y hubiesen ignorado lo que aquel psicólogo les dijo un día, esto jamás hubiese sucedido.

Ese despertar provocó una guerra infernal. Empezó a debatirse entre el lado oscuro en el que había estado y la realidad. Estaba bastante desconcertada y durante días estuvo meditando acerca de la solución que iba a tomar.

¿Ella realmente quería vivir en un mundo tan cruel como era aquel en el que estaba viviendo con su familia y que se llevaba todo lo que ella amaba? No, pensaba. Ella no sabía distinguir la realidad de la supuesta ficción, puesto que para ella su mundo era el mundo real.

Sin embargo, y aunque había ocasiones en que parecía que se iba a hundir otra vez, ella optaría, esta vez, por el camino más difícil: combatir a aquel "armazón" porque se había dado cuenta que durante todos aquellos años había dejado escapar demasiadas cosas importantes para una adolescente como era ella.

Durante dicha batalla, ella era incapaz de reconciliar el sueño. Tenía miedo de cerrar los ojos y que aquel monstruo regresase para llevársela de nuevo.

Pero una noche, cayó rendida en la cama, agotada por no haber dormido durante noches enteras y tuvo un sueño. En aquel sueño, alguien le susurró que estaba libre, que ya podía hacer su vida y vivirla como ella quisiera.

Así que, a la mañana siguiente, lo primero que hizo al despertarse fue desprenderse de todo aquello que simbolizaba su pasado, incluidas algunas fotos en las que aparecían ella y Steve, y de esa forma poder empezar de nuevo, como si volviera a nacer. Y en parte era verdad, se le había concedido una segunda oportunidad.

CAPÍTULO 8

Por aquel entonces, Estela estaba estudiando en la Universidad y salvo algunos altibajos debido a la falta de confianza que tenía, no sucedió nada fuera de los cánones normales. Parecía como si todos sus temores se hubieran volatilizado.

Durante un año escaso, Estela pudo disfrutar de todas las cosas que no había podido años atrás.

Era su primer año en la Facultad, y a diferencia de su primer año en el Instituto, encontró un grupo de personas que la aceptaron enseguida. Desde el primer día de clase entablaron una buena amistad. A Estela se la veía dichosa y feliz.

En ese año, además de estudiar, que era una cosa que siempre le había gustado, también compartió su tiempo con otros seres. Pasaba más horas en aquellas cuatro paredes de mármol que en su casa. Muchos días, quedaban todos a cenar o a tomar un café. Estela realmente era feliz. Por primera vez, desde hacía mucho tiempo, alguien la había aceptado. Casi, y digo bien, se había olvidado de su amigo. Ahora era un recuerdo, una imagen borrosa en su memoria, a pesar de que a veces intentaba que esa imagen no desapareciera para siempre. De hecho, y como se verá más adelante, nunca acabaría por desaparecer. De una u otra manera, Estela supo guardarla muy adentro en su corazón. Siempre, a pesar del daño causado, sería alguien especial para ella y merecedor de conservarse en un lugar tan especial como él. Pero, por ahora, se quedaría borrado.

Ella ya no sentía la necesidad de refugiarse, ya no le invadía nada extraño. Notaba, o por lo menos es lo que deseaba creer, de que ese monstruo la había dejado en paz. Solamente de pensar en que ÉL ya no volvería a molestar, asomaba una sonrisa cálida en su rostro. De hecho, muchas veces cuando estaba con el resto del grupo y se ponía a pensar en aquella cosa, de que ya no regresaría y, de repente, sin más, se reía, entonces los demás le preguntaban estupefactos de qué se estaba riendo y ella siempre contestaba con otra sonrisa y una pequeña excusa. Sus amigos decían que estaba como una moto, eso sí, en término cariñoso.

Pero, una vez más, la historia volvió a tener lugar cuando se marchó a la costa suroeste de Inglaterra, a la ciudad de Bristol, el verano de 1992.

CAPÍTULO 9

Era por la mañana, hacía sol y Estela decidió ir a dar un paseo por la orilla de la playa. Allí, en una roca puntiaguda, se sentó a observar como las olas del mar se rompían contra las piedras. Y fue entonces, cuando una ráfaga de viento, salida del fondo del mar, golpeó su cara e hizo que esa "puerta" volviera a reaparecer después de cuatro años. Ella, asustada, retrocedió e intentó con todas sus fuerzas alejarse de allí, pero en su intento por huir de aquel lugar, algo la agarró del brazo impidiéndole que huyera. Entonces se oyó el sonido de una voz tan fría como el sonido de la misma muerte.

- 'Óyeme bien, Estela. Tú nunca lograrás salir de mí, nunca te apartarás de mí, porque yo soy tú y tú eres yo. Así que no intentes luchar contra lo que no se puede destruir.'

- 'Déjame en paz. ¡Vete!'

- 'No lo entiendes, ¿verdad? Tú fuiste la que quisiste elegir este camino hace ya mucho tiempo. Tú fuiste - siguió diciendo - la culpable de que "yo" despertara y aunque creas que todo eso ya pasó, que "yo" ya no existo, te equivocas porque jamás conseguirás que me vaya de tu lado. Tú me creaste para toda la eternidad.'

Habiendo acabado de hablar, esa "cosa" estaba muy tranquila, segura de que iba a ganar a Estela. Era burlona y se divertía envolviendo a Estela en un manojo de nervios. Sabía que la que estuviera segura de lo que decía, esa sería la que vencería.

- '¡No es verdad!- dijo gritando Estela - Yo únicamente me sentía mal. Yo no provoqué que "tú" estuvieras aquí, - le decía Estela entre lágrimas - pero lo que si hice fue destruirte.'

- 'No, querida mía - le contestó sarcásticamente - Si tú me hubieras destruido, tú ya no estarías entre los humanos. No intentes luchar contra mí. Será una guerra imposible de vencer porque tú has hecho que "yo" ocupe un importante lugar en ti. Tú me has convertido en algo primordial para tu existencia.'

- 'No, no puede ser verdad lo que estoy oyendo' - le replicó tristemente Estela. A continuación le dijo – 'Sólo quieres atormentarme y arrastrarme a tu mundo, pero ¡no lo conseguirás! ¿Me oyes? Soy más fuerte que tú y acabaré contigo' - hizo una pequeña pausa y luego enfadada e irritada le dijo – '¡Ah! Escucha bien, todo lo que se crea, del mismo modo se puede destruir. No te olvides de ello.' Cuando acabó y sin que aquella cosa la viera, se echó a llorar. Era la única forma en que podía descargar su ira y su rabia. Se quedó unos minutos allí en la roca y después salió corriendo. Esta vez nada la retuvo.

CAPÍTULO 10

- 'Sabes, echo de menos a Estela. Es increíble pero el pueblo sin ella parece apagado, sin luz. Ella le daba un brillo que nadie tiene ni incluso, Karen.'

- 'Steve, si te acuerdas de una conversación que tuvimos, yo ya te avisé lo que iba a suceder. Y también te dije que estabas cometiendo el mayor error de tu vida al dejarla escapar, al apartarla de ti. Y ves no me equivocaba,' le dijo, Paul, su amigo de toda la vida.

- '¡Ya vale! ¿No? Sé que hice mal y ahora lo estoy cobrando con creces.'

- 'Sólo déjame decirte algo. No sé qué haces con Karen si a quien realmente quieres es a Estela. Sinceramente, Steve, no te entiendo. Pero, bueno, es tu vida y la respetaré aunque, como bien sabes, no la comparta.'

Steve se quedó callado, pensando y a continuación le dijo, 'Paul, nuestro amor es imposible. Siempre lo hemos sabido los dos…'

- 'Bobadas, Steve.'

- 'Déjame acabar y luego di lo que quieras.'

- 'De acuerdo. Continua con tu esplendida argumentación.'

- 'Nosotros éramos muy buenos amigos. Había una conexión especial, mágica entre los dos que en el momento en que compartiéramos la vida como pareja y no como amigos se rompería en mil pedazos. Ambos éramos conscientes y estábamos de acuerdo en preferir mantener nuestra amistad por encima de todo. Pero…'

- 'Pero, os estabais engañando, Steve. Tanto tú como ella os habéis ido alejando el uno del otro y al mismo tiempo habéis provocado que vuestros amigos estemos divididos, tristes por esta estúpida e incomprensible situación que habéis creado.'

- 'Mira, Paul, no te voy a quitar la razón porque sé que la tienes. Ahora sólo me queda seguir adelante y volver a ser feliz. Sé que no es fácil pero Karen tampoco tiene la culpa y en este instante ya no puedo dar marcha atrás.'

◆

- 'Cariño, ¿cómo estás? ¿Cómo te van las cosas?'
- 'Bien, mamá. Después de medio año aquí ya me estoy familiarizando con las costumbres de esta parte del país.'
- '¿Cuándo vas a volver a casa? Tenemos muchas ganas de verte.'
- 'Mamá no te va a gustar lo que tengo que decirte' – hizo una pequeña pausa y prosiguió – 'Creo que me quedaré hasta que acabe el curso. Además me han ofrecido un trabajo como recepcionista en un hotel hasta finales de Julio.'

Su madre la estaba escuchando muy atentamente. Y aunque no le gustaba lo que estaba oyendo, era la decisión de su hija y consideraba que ella como madre debía aceptar tal decisión a pesar de echarla muchísimo de menos.

- '¿Mamá no te alegras por mi?'
- 'Sí, hija. Claro que sí,' respondió la señora Clayton con voz triste pero intentando que su hija no notara aquella melancolía.
- 'Mamá, ya verás como los meses pasan rápido y cuando menos te lo imagines ya estaré ahí con vosotros. Dile a papá y a Carol que les quiero.'
- 'Estela, cuídate mucho y cualquier cosa que necesites no dudes en pedírselo a tu tía o en llamarnos a nosotros.'
- 'Sí, mamá. No te preocupes, de verdad. Estoy bien.' Antes de pronunciar la última palabra, la imagen borrosa de aquella tarde en las rocas revoloteaba como una mariposa en su cabeza. Todo porque aún estaba temerosa de que ese mundo tétrico no se hubiera cerrado para toda la eternidad.
- 'Cariño, antes de que cuelgues creo que deberías saber que hace dos días llamó Steve para ver cómo te encontrabas.'

Al oír de nuevo el nombre de su amigo, su corazón la golpeó fuertemente. Sin embargo, contuvo su emoción y le rogó a su madre que no volviera a mencionar nunca más ese nombre. Luego, se despidió de ella y colgó.

Estela no quería regresar a Brighton ni volver a ver a aquel muchacho. Deseaba empezar de cero y todo indicaba que así era. Aquella 'cosa', por suerte para Estela, parecía haberse calmado y desde su encuentro en las rocas no se supo nada más de ella.

Ahora Estela era como un mar en calma. Vivía relativamente tranquila en casa de su tía, una prima lejana de su madre. Tenía su propia habitación y todas las mañanas iba a la Universidad y por las tardes y algunas noches a su nuevo trabajo.

De momento, estaba ganando al lado oscuro que tanto la había atormentado y que daba la sensación que la iba a absorber hasta exprimirle la última gota de energía viva que todavía existía en Estela.

CAPÍTULO 11

- 'Estela, ¿Lo llevas todo? ¿No te olvidas de nada?'
- 'No, tía.'
- 'Bueno, espero que lo hayas pasado bien y cuando quieras, ya sabes, te vienes aquí y pasas conmigo el tiempo que desees. Esta es tu casa.' Le dijo su tía al mismo tiempo que le daba un cálido beso en su mejilla.
- 'De acuerdo, tía. Bien, el taxi ya está ahí fuera. Ha llegado la hora,' dijo Estela tristemente aunque realmente sí que tenía ganas de volver y ver a sus seres queridos y, cómo no, a su amigo. En el fondo, y después de tan largo periodo lejos de él, estaba dispuesta a arreglar lo que parecía irreparable. Deseaba que su amistad no se ahogara. Había decidido aceptar a Karen como parte de la vida de Steve sino quería perderle.
- 'Venga, Estela, el taxi espera. Llama cuando llegues.'
- 'Sí, tía.' Y se metió en el taxi a la vez que le decía adiós a su tía por el cristal trasero.

Durante el viaje estuvo muy ocupada preparando la ansiada conversación con Steve. El desencadenante de tal decisión fue la falta de energía y fuerza para soportar otra perdida. Y así sumergida en sus pensamientos recorrió el camino a la estación de trenes Temple Meads que la conduciría directa a casa.

♦

Paul y dos amigos más estaban tomando unas cervezas en uno de los bares del pueblo, cuyo dueño era primo de Estela.

El bar estaba decorado con piedra rústica y en la pared de la izquierda había unos esquís de nieve muy antiguos. A la derecha, la barra cruzaba casi todo el bar y al fondo había un cuarto pequeño reservado para guardar la bebida y otras mercancías. Además, había dos aseos, uno enfrente del otro, casi rozando el diminuto almacén. Obviamente, había mesas con sus respectivas sillas y taburetes.

- 'Paul,' dijo Kim, uno de los cinco amigos de la pandilla, 'Steve no parece estar mejor. Además, la chica con la que va lo exprime tanto que casi no lo vemos.'

- 'Kim, para ya, déjalo,' le dijo Paul.

El quinto miembro de la pandilla, formada por Paul, Kim, Steve y Estela, estaba en silencio, escuchando las opiniones de sus amigos cuando de repente dijo, 'Lo siento, Paul, pero esta vez Kim tiene razón. Nosotros hemos aceptado a Karen en nuestra pandilla por estar con Steve. Pero tienes que admitir que a ninguno nos agrada y tampoco puedes negar que Steve cada vez pasa menos tiempo con nosotros,' se paró un segundo y siguió, 'esta pandilla no es la misma desde que nuestra chica se marchó. Ella era una más del grupo, compartía las mismas cosas que nosotros. Nos divertíamos juntos. Aportaba una alegría y un toque de locura al grupo que Karen obviamente está a mil leguas de conseguirlo,' dijo Michael.

- 'Vale. Sí es cierto. No sólo Steve es el que ha sentido su perdida, también nosotros. Pero pensar y darle vueltas a esto sabiendo que no hay solución, creo que es una pérdida de tiempo.'

- 'Pues yo no,' le replicó Kim. 'Tengo noticias que no sé si son ciertas o no.'

- 'Al grano, por favor,' dijo Michael.

- 'Corren rumores de que Estela ya ha regresado y que probablemente venga dentro de dos semanas.'

- '¿Estás seguro, Kim?' preguntó Paul.

- 'No. Pero para salir de dudas se lo podemos preguntar a Christian.'

Christian era el dueño del bar y el primo de Estela. Era un chico joven, más o menos de la edad de Estela y con la que congeniaba muy bien.

- 'Christian, ven un momento,' dijo Paul.

- '¿Qué quieres?'

- 'Nos gustaría saber si es cierto que Estela va a venir…'antes de que Paul acabara Christian le interrumpió.

- 'Ya os digo que sí pero ¿por qué tanto interés?'

- 'Creo que ya te lo puedes imaginar,' dijo Michael.

Y dándose media vuelta, la sonrisa de Christian indicaba que lo sabía perfectamente.

- 'Paul, ¿se lo decimos a Steve?' preguntó Kim.

- 'No sé, aunque de todos modos la va a ver si viene, por lo que lo más…'

Paul se detuvo al ver que Christian le estaba haciendo señas de que Steve iba a entrar en el bar. Sin embargo, este oyó las últimas palabras de Paul.

- '¿Quién va a ver a quién?' quiso saber Steve.

Los tres amigos se giraron, se quedaron mirándole sin decir nada y unos minutos más tarde Michael le dijo como si no fuera con ellos, 'Nada que Estela viene dentro de quince días.' Se produjo unos segundos de silencio durante los cuales los tres observaban impacientes la reacción de Steve.

- '¿Y? ¿Le tenemos que hacer la reverencia o recibirla con flores?'

- 'Steve, no te pases. No entiendo por qué dices eso si ya no te importa lo que pase o deje de pasar a tu alrededor y sobre todo lo que concierne a la vida de Estela,' le reprimió Paul un poco enojado por el sarcasmo de su amigo.

- 'Déjame decirte algo,' saltó Kim, 'nos da igual que no quieras estar con ella, pero en lo que respecta a nosotros ella es nuestra amiga y va a seguir formando parte de esta pandilla.'

- 'Mirad, sabéis lo que os digo, que me voy. ¡Ah! No quiero que me aviséis de su llegada.'

- 'Tú mismo. Y te recuerdo que has sido tú quien has querido saber de que estábamos hablando,' le dijo Michael alzando un poco la voz.

Steve se dio media vuelta y salió del bar con unas pequeñas lágrimas que no le dejaban ver con claridad. Era consciente de que sus amigos estaban cargados de razón y también sabía que le gustaría verla pero era muy orgulloso y para él era muy difícil pedir perdón. Según él, lo que había hecho, hecho estaba y ahora tenía que seguir adelante.

◆

El tren procedente de Bristol hace su entrada en el andén 5.

Allí estaba su familia y amiga para dar la bienvenida a la hija prójima. Estaban impacientes por verla después de un año. El nerviosismo flotaba en el ambiente por que desconocían con que Estela se iban a encontrar. Mientras esperaban a que las puertas del tren se abrieran, Tina y Carol hablaban casi susurrándose de forma que los padres de Carol no les pudieran escuchar.

- 'Carol, ¿sigues pensando en presentarle a tu hermana a Mark?'
- 'Creo que sí, Tina. Será una buena medicina para que ella se levante y no vuelva a caer.'
- 'Y ¿no crees que estamos yendo muy deprisa?'
- 'No.'
- 'Tal vez Estela no quiera estar con nadie.'
- 'Bueno pues eso ya lo decidirá ella después de conocerle,' dijo Carol mientras seguía con la vista puesta en las puertas del tren.
- '¡Ahí está! ¡Ahí está mi niña!,' gritaba Stephanie con lágrimas en los ojos por la emoción de volver a ver a su hija.
- '¡Mamá, papá! ¿Cómo estáis?'
- 'Bien mi amor. A ti se te ve estupenda.'
- 'Sí. La verdad es que hacía tiempo que no me encontraba tan bien como hasta ahora. He aclarado muchas cosas que estaban confusas.'
- 'Pero, ¿qué pasa? ¿Y nosotras qué?'
- 'Hola, colegas. Me tenéis que contar lo que ha pasado por aquí en mi ausencia.'

Las dos se miraron, se rieron y Carol le dijo a su hermana, 'no te preocupes, tenemos tiempo esta noche.'

- '¿Esta noche?' preguntó sorprendida Estela.
- 'Sí. Nos vamos de cena y luego a mover un poco el cuerpo.'

Cuando llegaron a casa, Tina y Carol ayudaron a Estela a subir el equipaje a su habitación. Después le dijeron que se arreglara un poco y luego prácticamente se la llevaron a la pizzería donde habían reservado una mesa para cuatro.

Estela no entendía el porqué de tanta prisa pero se limito a hacer lo que sus dos amigas le indicaban.

Al llegar a la pizzería, había un joven, moreno y de complexión ancha, fumándose un cigarrillo y yendo de un lado a otro como si esperara a alguien.

- 'Hola Mark. ¿Llegamos tarde?'
- 'No, no. Yo he venido antes.'
- 'Bueno, creo que no os conocéis. Mark, esta es mi hermana Estela.'
- 'Encantado de conocerte, Estela.'
- 'Lo mismo digo,' contestó de forma cortante.

Mientras se dirigían a la mesa que habían reservado, Estela agarró a su hermana por el brazo y la hizo retroceder.

- 'Carol, ¿No me habréis concertado una cita?'
- '¿Por qué dices eso, Estela?'

- '¡Vamos, Carol, que te conozco!'
- 'Mira, es un chico muy divertido y lo que necesitas ahora es precisamente diversión y olvidar las penas.'
- 'Carol, te voy a decir algo. Si quiero divertirme ya me lo buscaré yo solita.'
- 'Estela, no te enfades. Prueba a conocerle.'
- 'Está bien. Pero que quede claro que no quiero nada con nadie por ahora.'
- 'Sí, ya,' dijo Carol sin que su hermana la oyera.

A lo largo de la velada, el enfado de Estela fue disminuyendo dejando paso a las risas. Su hermana parecía tener razón en lo que respectaba a Mark ya que no dejo de gastar bromas.

Tina y Carol estaban muy contentas de ver a Estela reír y disfrutar y también de que su plan hubiera tenido éxito. Mark y Estela habían conectado a la perfección o por lo menos así se apreciaba desde fuera.

CAPÍTULO 12

Estela estaba muy nerviosa de volver al pueblo pero sobretodo de ver a su 'amigo'. No sabía cuál iba a ser su reacción cuando la viera con su novio. ¡SÍ! Mark se había convertido de la noche a la mañana en la persona que ocupaba el corazón de Estela. Todo parecía indicar que Estela había logrado arrancar de su interior a Steve. De hecho todo el mundo a su alrededor así lo creía. Sin embargo, su hermana y su amiga, que fueron las causantes de todo ello, ahora pensaban lo contrario. Había algo en Mark que no les agradaba demasiado pero no sabían el que. Jamás le dijeron a Estela nada al respecto por no dañarla y como aparentaba ser feliz, respetaban su felicidad y su vida.

◆

- 'Este es mi pueblo, Mark,' le dijo Estela.
- 'Es bonito.'
- 'Pues aún no has visto nada.'
- 'Tenemos tiempo, ¿no?'
- 'Claro que sí. Pero ahora bajemos al bar y te presentaré a mis amigos.'
Era un pueblo pequeño, acogedor. Allí todos se conocían ya que o bien eran familiares directos o tenían algún parentesco. Sus calles, en un principio, eran de tierra. Más tarde, se transformaron en adoquines. Era un pueblo lleno de curvas. La casa del abuelo de Estela estaba en la mismísima plaza. Antiguamente había sido una fonda, donde se hospedaban viajantes de todas las partes del mundo. En lo alto de una montaña se alzaba el gran castillo moro, que actualmente había sido reconstruido como museo para visita turística. Tiempo atrás, el castillo era la fortaleza desde donde los moros podían divisar si sus grandes enemigos,

los cristianos, se acercaban para invadir el pueblo. Allí vivían los grandes
señores y abajo, en el pueblo, residían los plebeyos.

- '¿Y no sería mejor descargar primero el equipaje?'
- 'No. Tengo muchas ganas de verlos después de un año fuera de aquí.'
- '¡No lo entiendo, Estela! ¿Tanto significan esos amigos para ti?'
- 'Sin ninguna duda, Mark. Con ellos he pasado los mejores años de
mi vida. Y no sólo son amigos de palabra sino de los de verdad, de esos
que hoy en día escasean.'
- 'Bueno, si tanta ilusión tienes por volverlos a ver, vamos.'

Estela no comprendía la actitud de Mark cuando para él sus amigos
son tan importantes o más que ella.

Mientras bajaban por la calle, el corazón latía cada vez más y más
deprisa. Y una vez en la puerta del bar, con paso firme entró en aquel
lugar, y allí al fondo estaban sus amigos. Sin pensárselo fue directa a Paul
y tapándole los ojos, dijo:

- '¿Quién soy?'
- '¡Estela! ¡Qué alegría verte! Dame dos besos, amiga mía.'

Después de Paul, le sucedieron Kim y Michael.

- 'Oye, Kim, ¿dónde está…?' Estela no pudo acabar la pregunta.

En aquel instante, Steve subía las escaleras de los aseos. Cuando sus
ojos se cruzaron con los de Estela, ambos se envolvieron en un manto
mágico que pronto se vio interrumpido cuando Steve, sin dirigir palabra
alguna, se sentó en la esquina de la barra dispuesto a terminar su cerveza.
Estela se quedó allí petrificada sin decir nada y sin saber lo que hacer. Así
hubiera seguido si una mano por detrás no la hubiera tocado.

- 'Oh, perdona, Mark. Acércate y te presento a mis amigos.'

Steve no despegaba la mirada de la botella esperando a que Estela no
fuera a él con su novio. Y así fue, Estela, dolida por la actitud de Steve,
sólo le presentó a Mark a sus otros tres amigos.

- 'Oye, Estela, ¿no me dijiste que tenías cuatro amigos? ¿Dónde está el
que falta?'

Todos se quedaron en silencio, incluida Estela. Todos estaban
esperando la respuesta de su amiga sabiendo que ese cuarto amigo estaba
allí, en aquella esquina solitaria de aquel bar.

- 'Bueno, parece que ha desaparecido. Pero sabes, no importa porque
los verdaderos amigos están aquí. No huyen y evitan situaciones. Además,
él siempre ha ido a la suya sin pensar en el daño que podía causar a los que
están a su alrededor,' gritaba Estela para que Steve se diera por enterado.

- 'Bien, ¿alguien quiere algo?' preguntó Paul para intentar cambiar de tema.

Mientras pedían unas copas, Mark fue al lavabo y entonces Estela aprovechó para acercarse a Steve.

- '¿Qué te pasa? ¿Tan pequeña soy que ya no me ves? ¿Ni tan siquiera merezco un 'hola'?'

- 'Estela, déjame en paz.'

- 'No quiero. Creo que merezco una explicación. No te he hecho nada para que me borres de tu vida.'

- 'Te lo pido por favor, vete con "ese novio tuyo".'

- 'Oye, no te pases. No le conoces para hablar sarcásticamente de él. Además, eres el menos indicado para ello ya que, te recuerdo que tu "queridita novia" si que se las trae.'

- 'No tengo porque aguantarlo más,' gritó Steve.

- '¿El qué? ¿El qué te digan la verdad? Sabes lo que te digo, que si no quieres saber nada más de mí, te juro que va a ser un gran alivio y un gran peso que me quito de encima. Ojala te vaya muy bien pero si no es así, que te pudras donde estés "querido amigo",' le dijo Estela alzando la voz.

Sus amigos intentaban calmarles pero sin mucho éxito.

- 'Sólo dime una cosa, ¿por qué lo has hecho? ¿Por despecho?'

- 'Eres un creído. No eres el único en este planeta ni el único con el que pueda disfrutar. Como tú, yo también he encontrado a una persona. ¿Sabes? Te lo quería decir a la cara: ¡Te odio, Steve!'

Sin decir nada y con el rostro enfurecido, Steve se largó del bar. Paul fue tras él.

- '¡Steve, espera!' Paul le alcanzó, y agarrándole del brazo, le obligó a sentarse en el banco de la plaza.

- 'Escúchame, pedazo de tonto. Sabías lo que te iba a pasar. ¡Vale! No esperábamos que viniera con un novio, pero no pasa nada. Tú también tienes y no es la persona que amas.'

- 'Paul, me voy a ir definitivamente del pueblo. Me voy a ir a vivir con Karen.'

- '¿Pero qué dices?'

- 'Lo que oyes. Me lo propuso hace unos días y no estaba muy seguro hasta hoy mismo. Está claro, cada uno debemos seguir nuestro camino.'

- 'Steve, te lo pido como amigo, no te aceleres. Piénsalo bien.'

- 'Paul, ya lo tengo decidido.'

- '¿De verdad crees que huyendo y alejándote de ella y de nosotros vas a encontrar la felicidad al lado de Karen?'

- 'Lo voy a intentar.'

- 'Bueno, no te voy a hacer cambiar de opinión. Si así lo quieres. Pero, no te olvides de los amigos. Siempre nos vas a tener para lo que sea y cuando sea.'

- 'Lo sé, Paul,' hizo una pausa y continuó, 'sólo una cosa. Un día, ahora no, dile que es la única persona que de verdad me ha hecho sentirme especial. Y si no es demasiado te pediría que la cuidaras.'

- 'Steve, eso no hacía falta que me lo pidieras. Siempre la hemos cuidado y seguiremos así a pesar de tener un novio. Y ten por seguro que te iré informando. Aunque, en mi modesta opinión, sigo diciendo que estás bobo. ¿Por qué no vas a por ella y dejas esta locura?'

- 'Se que no lo comprendes, pero no puedo. Es imposible. Despídeme de los demás.'

- '¿Y por qué no lo haces tú?'

- 'Me voy mañana por la mañana. Y nunca me han gustado las despedidas.'

- 'Una pregunta nada más, ¿por qué has dejado que se rompiera esa hermosa amistad? ¿Ha sido por verla con otro? ¿O por alguna otra razón que desconozco?'

- 'Creo que no es necesario que te conteste,' y diciendo esto, se levantó, se despidió de Paul y se fue camino a su casa.

Paul sabía que su amigo estaba cometiendo el mayor error de su vida, pero tenía que respetarle y dejar que él mismo se diera cuenta de que el camino que había elegido era el erróneo.

Mientras tanto en el bar, Kim y Michael trataban de calmar a Estela sin que Mark notara nada raro. Estela sólo oía voces y lo que más deseaba era ver a Steve entrar de nuevo por aquella puerta de roble y cristal. Sin embargo, al único que vio fue a Paul. En aquel momento entendió, sin que éste le dijera nada, que entre ella y Steve ya se había abierto un profundo abismo.

Paul se sentó en una silla, pidió una cerveza y se quedó mirando fijamente a la chimenea de piedra que había en la pared del fondo.

Dándole un beso a Mark, Estela se sentó al lado de Paul y sin preguntarle nada, éste le dijo lo que no quería oír.

- 'Estela, olvídale. No tiene cabeza. Es un idiota.'

- 'Pero, Paul ¿qué ha sucedido? ¿Qué fue lo que te dijo?'

- 'Estela, no me obligues a decírtelo. No lo soportarías. Hazme caso, princesa. Olvídale. Bórrale de tu vida. Vive y se feliz con ese chico.'

- 'Paul, no me hagas cabrearme. Sabes muy bien lo que hay. Quiero saber de que habéis estado hablando. Y en lo que respecta a ese chico, de momento no es nada serio.'
- 'Estela, por favor.'
- 'Está bien. Si tú no me lo quieres decir, me lo dirá él mismo.'
- '¡No! ¡Espera! Te lo diré,' y cogiendo aire, le dijo, 'Steve se va mañana con Karen. Se va a vivir con ella. Y no tiene intenciones de volver por aquí.'

Estela se levantó, le dijo a Mark de irse y de regresar a casa, a Brighton. Ya no tenía ganas de permanecer por más tiempo allí. Mark no alcanzaba a entender nada, pero tampoco quiso preguntarle por no enojarla.

◆

- 'Paul, ¿nos vas a explicar qué demonios ha pasado aquí?'
- 'Muy simple. Chico ve a su chica con otro. Chico no soporta la situación…'
- 'Paul, háblanos claro y sin adivinanzas.'
- 'Steve se va a vivir con Karen. Se lo he dicho a Estela y bueno, luego ya sabéis el resto.'
- '¿Y no has hecho nada por impedírselo?'
- '¡Pero bueno! ¿Qué queríais que hiciera? ¿Qué lo secuestrara y le obligara a quedarse? Ya es mayorcito. Él sabrá lo que hace. A mi quién me preocupa es Estela. Ella no se merecía todo esto.'

CAPÍTULO 13

Tras las marcha de su amigo, Estela empezó a llevar otra vida. Una vida, que a primera vista, ella había elegido tomar: dejó de ir al pueblo de forma progresiva y cuando iba prefería quedarse en casa de su abuela y evitar ver a sus amigos porque sabía perfectamente que si veía, aunque fuera a uno de ellos, las primeras palabras que saldrían por su amarga boca serían: "¿Sabéis algo de Steve?" Y recordarle le haría más difícil rehacer su vida.

Mark era esa clase de persona que mientras te está sonriendo, te está maldiciendo. Obviamente, Estela seguía sin ver nada y de hecho cuando él decía algo, ella sin protestar asentía con la cabeza y le obedecía. Estos acontecimientos eran cada vez más frecuentes lo que provocó comentarios inmediatos por parte del padre de Estela:

- 'Creo que nuestra hija se confunde con Mark.'

- '¿Por qué dices eso, cariño?' le preguntó su mujer.

- '¿No lo has observado? Su personalidad luchadora se ha vaporizado. Ahora es una marioneta que Mark mueve a su antojo.'

- 'No digas tonterías. Lo que ocurre es que ella es tu niña y la sigues protegiendo como si fuera un bebé.'

- '¡Stephanie, Me sorprendes!'

- '¿Por qué?'

- 'Porque siempre te he considerado una persona con un instinto especial para esta clase de cosas.'

- 'Vamos, olvídalo.'

David agachó la cabeza y acto seguido dijo, 'De acuerdo, pero ya me darás la razón. Nuestra hija no va a ser feliz a su lado.'

Stephanie, oyendo las palabras de su marido, se levantó y se fue a la cocina.

Al mismo tiempo, en otra parte de la ciudad, las dos amigas de Estela estaban hablando de la misma situación.

- 'No sé qué pensar, Carol. Tu hermana ha dejado de salir con nosotros. Ahora disfruta más en compañía de los amigos de Mark. Y no entiendo por qué ya que lo único que hacen es estar sentados en la mesa del mediocre bar que normalmente frecuentan y beben y hablan sobre asuntos superficiales, totalmente opuesto a lo que en realidad le gusta a Estela.'

- 'Sí, me he dado cuenta de ello y no sé cómo hacerle reaccionar. Además, antes no estaba tan de mal humor y ahora le dices algo y salta como una loba. No sólo se está alejando de la pandilla sino también de la familia que es peor.'

◆

- '¿Qué te pasa, Estela?' le preguntó Mark, un día que fue a recogerla a su casa después de llegar de la Universidad.

- '¡Estoy harta, harta de que mis padres se metan en todo! No hacen más que preguntarme y preguntarme. Me agobian. Siento que me ahogo, que no tengo suficiente espacio para respirar.'

- 'Venga va, cálmate. Tus padres simplemente se preocupan de ti.'

- '¡Pero quiero que me dejen en paz!' gritó ella.

CAPÍTULO 14

La vida puede ser maravillosa cuando los rayos del Sol te enredan en su círculo pero también puede ser un infierno si la oscuridad del mundo subterráneo te envuelve en él.

Mark era el mismísimo diablo disfrazado de príncipe. Ya estaba empezando a maquinar su plan: tenerla bajo sus órdenes, alejarla de todos sus seres queridos, que para él eran un gran obstáculo e introducirla en el seno de su malévola y pérfida familia.

Habían pasado unos dos años tras la desaparición de Steve y Estela creía de corazón que él había dejado de existir. Sin embargo, una noche comenzó a tener sueños con alguien que no se parecía para nada a Mark sino más bien a aquel ser que un día dejó de hablarle.

Cada mañana, al despertar, sentía algo extraño que no podía explicar con palabras. A pesar de ello, aún estaba envuelta en un velo invisible que la cegaba y le impedía ver con claridad. Todo era confuso. Aunque jamás dijo una palabra de lo que le pasaba al hombre que en esos momentos ocupaba su dañado corazón.

Mark, por su parte, continuaba con su maléfico plan. La convencía con palabras adornadas para que dejara de ir a comer los domingos con su familia y estar más con la suya. ¡Es increíble! Tal poder tenía que ella iba cayendo inconscientemente en las afiladas garras del diablo. Hasta tal punto que la hacía sentirse bien diciéndole a los padres de Estela:

- 'Vuestra hija no hace nada, todo lo hago yo.'

Estela no se sentía aludida sino alagada. Ella pensaba que, por fin, había encontrado a alguien que sabía desenvolverse con las tareas de la casa igual o mejor que una mujer.

Después de tan duro golpe, Estela volvía a sentir la sensación de seguridad, comprensión y felicidad al lado de Mark. Y, de hecho, nunca percibía nada malo en él. Todo lo que decía y hacía era para el disfrute de los dos.

- 'Es maravilloso', pensaba ella. 'Me apoya en todo momento y en todas las situaciones. ¡Cuánto me alegro de tenerle conmigo!'

◆

- '¡Kim, Michael!' les gritó Paul de punta a punta de la plaza del pueblo.

- '¡Ya vamos! ¡No grites! ¿Qué te ocurre?' le preguntaron.

- 'A mi nada. Se trata de Steve,' se detuvo un momento y siguió, 'me acaba de llamar un compañero suyo y me ha comentado que hace semanas que no va a trabajar y que lo ha visto últimamente con malas compañías.'

Kim y Michael se quedaron muy sorprendidos.

- '¿Por qué no le llamamos?' le sugirieron a Paul.

Éste asintió.

El teléfono daba señal pero nadie, al otro lado de la línea, contestaba. Así estuvieron hasta que pasados diez minutos, una voz fría, grave y trabada dijo:

- '¿Qué narices quieres?'

- 'Oye, Steve, que soy Paul,' dijo perplejo al oír a su amigo.

- '¿Y bien? ¿Para qué me llamas?' contestó fríamente Steve.

- 'Sólo quiero saber cómo te encuentras. Te noto un poco raro. ¿Te ocurre algo que no sepa yo?'

Se produjo un momento de silencio. Luego, Steve contestó:

- 'No. Estoy mejor que nunca. Tengo nuevos amigos. No tengo ningún problema. Gano dinero fácilmente.'

- '¿Qué es eso de que ganas dinero con facilidad?' le preguntó Paul.

- 'Bueno… el transporte da mucho dinero, ya lo sabes.'

- 'No, no lo sé. ¿Me lo podrías explicar? Igual a mí también me podría interesar…' dijo Paul, que no podía oír bien a Steve. '¿Dónde estás? No te escucho con claridad. Hay interferencias y mucho ruido.'

- '¡Ah! Estoy en el aeropuerto rumbo a Los Ángeles.'

Al oír esto, Paul se quedó estupefacto.

- 'Pero, ¿qué dices? Y ¿qué demonios haces allí?'

- 'Bueno, es que no te lo dije la última vez que hablamos. Ya no estoy con Karen. Ahora vivo en otro sitio y tampoco trabajo en la fábrica textil.

Como ya te he dicho he encontrado algo mejor. Llevamos mercancía a otros lugares de Europa y del mundo y nos pagan por ello.'

- 'Steve, ¿sabes que te estás metiendo en tierras pantanosas? ¿Por qué no regresas con nosotros y empiezas de cero?'

- 'Mira, no tengo tiempo de hablar. Mi avión sale ya. Nos vemos,' y colgó.

Tras la corta pero densa conversación con Steve, Paul se quedó mirando su móvil con el rostro muy pálido. Los otros dos, Kim y Michael, que no habían despegado la mirada de Paul e impacientes por saber lo que Steve le había dicho, observaron que por el rostro de Paul, no eran noticias muy alentadoras. Ninguno de los tres quería ser el primero en hablar. Sin embargo, Kim no podía aguantar más la angustiosa espera y se lanzó en preguntarle a Paul.

- 'Bueno, pero ¿qué te ha dicho? Te has quedado ahí como una estatua petrificada.'

- 'Ahora, no. Lo siento, no puedo articular ni una sola palabra. Luego nos vemos.'

- 'Pero, Paul, no nos puedes dejar así. Nosotros también somos sus amigos,' dijo Michael un poco enfadado.

- 'Sólo os diré que está pisando suelo resbaladizo. Y qué intentemos olvidarnos de él. Tiene otra vida que no nos corresponde. Ya verá él lo que hace.'

Dicho esto, Paul se dio media vuelta y se marchó a su casa con la cabeza cabizbaja. Mientras tanto, Kim y Michael decidieron irse a tomar algo e intentando comprender lo que había salido por la boca de Paul.

◆

- '¡Estela, baja ya! ¡El desayuno ya está listo!'

Estela estaba encerrada en su habitación oyendo música y no oía lo que su tía le estaba diciendo.

- '¡Estela! Vas a llegar tarde al trabajo. Date prisa.'

Al ver que sus llamadas se desvanecían en el aire. Subió al cuarto de su sobrina. Primero, tocó en la puerta y al no obtener respuesta alguna, decidió entrar. Allí estaba ella, en pijama y con sus cascos sonando como nunca lo habían hecho.

Su tía se acercó a ella, le quitó los cascos, la cogió del brazo y la levantó de un salto.

- '¡Tía! ¡Qué me haces daño!' se quejó Estela.

- 'Estela, te estoy llamando hace horas. Son las 6:30 de la mañana y vas a llegar tarde.'

- 'Lo siento. Había perdido la noción del tiempo. Ya voy. Ahora mismo bajo y me voy al hotel.'

Estela estaba de nuevo en Bristol y ese año había buscado trabajo en el mismo hotel, en el que ya estuvo hace unos años como recepcionista. Necesitaba sentirse activa y sus padres y amigos le aconsejaron que le iba a venir muy bien para los últimos años que le quedaban de carrera. A Mark tampoco le importaba que se fuera si era por su futuro profesional y académico.

CAPÍTULO 15

- 'Oye, Paul, ¿tienes noticias de mi prima?' le preguntó Christian.

- 'Sé por su hermana, que está en Bristol y que está trabajando en un hotel. Nada más'

- 'Bueno, pero ¿cómo está?'

- 'Yo no he hablado con ella. Todo lo que te puedo decir es que allí se siente mucho más tranquila. Y, según me ha comentado Carol, igual no vuelve y acaba la carrera en Bristol.'

- 'Y ¿Tienes noticias de quién ya sabes?'

- 'Sí,' dijo cortante Paul mirando si había alguien cerca de él.

Christian comprendió que Paul no prosiguiera ya que había gente y no era un asunto para que todo el mundo lo oyera.

Una vez que el bar se quedó medio vacío, Christian se acercó a Paul y éste le dijo, 'El que conocíamos ya no está entre nosotros. Ahora es otra persona completamente distinta.'

- '¿Por qué dices eso?' le preguntó atónito Christian.

- 'Porque se ha metido en un mundo que tarde o temprano lo matará.'

- 'No lo entiendo. ¿No puedes ser un poco más claro?'

- 'Por lo que me dijo transporta cosas a otras partes del mundo. Y no me da muy buenas vibraciones. No sé más. Pero si que sé que lo que hace no puede ser muy legal.'

- 'Bueno, tampoco podemos poner el grito en el cielo sin saber con seguridad a lo que se dedica actualmente. Esperemos a ver qué ocurre. De todos modos, ¿lo has visto?'

- 'El fin de semana pasado. Fui a recogerlo al aeropuerto. Y cuando le vi, me quedé sin palabras.'

Christian no podía creer lo que estaba oyendo.

- 'Ahora se ha dejado el pelo largo, barba de tres días. Y su indumentaria informal la ha cambiado por trajes y corbatas. En fin, es un misterio.'

- 'Sí,' dijo pensativo Christian. '¿Y no se puede hacer algo por averiguar en donde se ha metido e intentar sacarlo de ahí si es, como dices, algo peligroso e ilegal?'

- 'De verás, lo intenté. Pero rechaza todo lo que le dices. No escucha. Sólo repite una y otra vez que ahora siente la libertad en su piel.'

CAPÍTULO 16

- *'Alumnos y alumnas de la Universidad de Bristol. Hoy es el gran día. Vuestro día,'* decía la voz enérgica del rector de la Universidad.

En el centro del inmenso patio de la Universidad gótica de Bristol, rodeado de árboles resplandecientes por el intenso verde de la campiña inglesa, se hallaba una jauría a punto de explotar. Entre ellos, vestidos todos con sus togas negras y escuchando atentamente las palabras del rector, se encontraba Estela, nerviosa y a la vez dichosa de haber acabado su etapa de estudiante.

Los nervios afloraban entre los estudiantes tal como iban oyendo su nombre y subían a recoger tan deseado diploma.

Cuando le tocó el turno a Estela, estaba tan ansiosa que las piernas no le respondían y tuvieron que repetir su nombre una vez más.

Allí, junto a ella, separados de los estudiantes, estaba su familia y amigos, todos excepto Mark, que por problemas de trabajo no había podido acudir.

Su madre, Stephanie, no pudo contener algunas lágrimas que se dejaban deslizar dulcemente por su rostro. Estaban tan orgullosos de verla sonreír que parecía que fueran ellos lo que se graduaran.

Una vez finalizado el acto de graduación, hubo una pequeña fiesta para familiares y estudiantes en el salón de actos de la Universidad.

Aquel día, Estela lo recordaría para siempre. Los meses que pasó en aquel lugar fueron uno de los mejores momentos de su vida estudiantil.

◆

- 'No, no puedo salir, Carol,' le dijo Estela.
- '¿Por qué no? Es una cena de chicas. Venga, anímate.'

- 'No es que no quiera pero estoy preparándome la tesis de William Shakespeare y voy muy liada.'

- 'Bueno, pero mañana puedes seguir. No la tienes que presentar ya mismo.'

- 'Lo sé pero los meses pasan y me gustaría hacerla perfecta.'

- '¿Y no será una excusa para no salir con las amigas?'

- 'No, de veras.'

- '¿No has quedado con Mark?'

- 'No. Me voy a quedar en casa preparándola a conciencia.'

- 'Vale. Como quieras. Pero si...'

- '¡Qué no, pesada!' le interrumpió Estela.

◆

- 'Acelera, Steve,' dijo un hombre alto y corpulento, sentado en el asiento del copiloto de un camión negro ceniza. 'La poli nos pisa los talones.'

Por las calles de Hove, un centenar de coches de la policía perseguían a Steve.

- '¡Atención, atención! Necesitamos refuerzos, el objetivo está a la vista y no podemos perderlo de nuevo.'

El camión dobló una esquina y se metió en una calle sin salida. Condujo casi hasta el final de la callejuela, dio marcha atrás y al apretar Steve un botón en la parte izquierda del volante, de repente una puerta metálica se abrió delante de él. Rápidamente el camión había desaparecido de la faz de la tierra justo cuando la policía acababa de doblar la esquina.

En el interior, Steve y su compañero, se dirigieron a un porche rojo metálico aparcado delante del camión, llevando consigo una enorme bolsa marrón.

Mientras, los policías no daban crédito a sus ojos. No entendían como una vez más, se les había podido escapar uno de los cabecillas de la banda más famosa de importación y exportación ilegal de coches de alta gama.

◆

- '¿Y Estela?' le preguntó Tina a Carol cuando ésta llegó al lugar donde habían acordado reunirse.

- 'Se ha quedado en casa preparando la tesis.'

- '¿No la tenía prácticamente acabada? Le faltan aún seis meses para entregarla.'

- 'Ya. Pero insistió en que tenía que pulirla.'

- '¿Te das cuenta, Carol, como está cambiando?'

- 'Sí. Pero es feliz y...'

- 'Y nada,' la interrumpió Tina. 'De todos modos, sigo diciendo lo mismo. A ella le encanta salir, bailar y disfrutar con nosotras.'

- 'Lo sé, pero no puedo obligarla a hacer algo que no quiere. Tengamos paciencia. Verás como todo vuelve a su cauce tarde o temprano.'

- '¡Eso espero! Me gustaría ser tan optimista como tú, Carol.'

- 'Y ¿por qué no? Confío en ella y en que llegue el día en que todo vuelva a estar como estaba antes de conocer a Mark.'

- 'Venga, chicas. Dejad de hablar y entremos a cenar,' dijo otra de las chicas de la pandilla.

La pandilla de Estela había aumentado en los últimos años. Al inseparable trío se le había sumado siete chicas más. Dos de ellas eran las hermanas mayores de Tina; otras dos habían sido compañeras de Instituto de Tina y Carol; una quinta que siempre había estado con Tina cuando era pequeña y dos chicas que trabajaban en grandes empresas y que las conocían por sus novios. Todas y cada una de ellas eran distintas tanto físicamente como psicológicamente pero era sorprendente lo bien que se llevaban. Es más, cuando a alguna de ellas tenía problemas o le pasaba algo, eran como una piña, la apoyaban y la ayudaban incondicionalmente.

Estela era una más de la pandilla. A pesar de ello, algunas pensaban que estaba loca: siempre riendo, bromeando sobre el sexo y bailando hasta bien entrada la madrugada. Por esa razón, se respiraba un vacío en el ambiente cuando ella no estaba. Faltaba una pequeña chispa para que la lámpara de la alegría funcionara a pleno rendimiento.

CAPÍTULO 17

Hacía un día fabuloso, el sol brillaba con toda su fuerza invitando a salir a la gente. Entre todas aquellas personas que iban y venían de sus largos paseos, los rayos del sol iluminaban a una pareja en especial. Se les veía radiantes y muy enamorados. La larga melena de Estela echaba a volar con la brisa del mar.

- 'Esto es maravilloso, Mark,' dijo Estela. 'Esta tranquilidad, esta paz que te da el mar. Necesitaba un momento como este.'

- 'La verdad es que sí,' asintió Mark. 'Nosotros solos, sin nadie que nos moleste. ¡Es magnífico!'

Hubo un momento de silencio que se vio interrumpido por Estela.

- 'Estaba pensando en nuestra vida en común,' hizo una pausa y continuó, 'Los dos tenemos trabajo. Tenemos una casita, que aunque es pequeña, es muy acogedora…'

- '¿Qué intentas decirme, Estela?' le preguntó Mark.

- '¿Qué te parece si lo que te estoy diciendo lo hacemos ya realidad?'

- '¡Mira que eres aguafiestas, Estela!'

Muy sorprendida por la reacción de Mark, dijo enojada, '¿Qué pasa? ¿Es que ya no me quieres? ¿Has cambiado de parecer?'

- 'No, todo lo contrario. Te tenía preparada una sorpresa y me la has tirado por tierra.'

La expresión del rostro de Estela cambió por completo y emocionada dijo, '¡Venga dímela! ¡No me hagas esperar!'

- '¡Vale, vale, ya voy!'

Mark la hizo sentarse en una piedra enorme. Luego sacó una cajita cuadrada y pequeñita que guardaba un diamante en bruto.

Estela se puso a llorar a borbotones. Estaba tan dichosa que no se lo podía creer y la única palabra que salió de su boca fue un SÍ rotundo.

- '¡Te quiero, Mark!'
- 'Yo también, mi amor.'

♦

Hove, apartamento de Kevin.

- 'Toma otra cerveza, Steve,'

Incorporándose del mugroso sofá que Kevin, compañero de Steve, tenía en su apartamento, para coger la cerveza, dijo, 'Sabes, estoy más que harto de esta vida que llevamos.'

- 'No entiendo por qué.'

- 'Antes estaba bien, nos dedicábamos a llevar el cargamento, recogíamos la pasta y asunto zanjado hasta que quisimos más y ahora nos tenemos que esconder de la pasma y de los matones de los jefes gordos.'

- 'No te preocupes. Les devolveremos el dinero prestado.'

- '¡Kevin, no nos queda nada! No teníamos que haber cogido ese dinero.'

Steve se levantó del sofá y se puso a dar vueltas por todo el apartamento.

- '¡No aguanto más! Voy a llamar y les voy a decir que se lo damos mañana a las 9:00 en el sitio de siempre.'

- '¡Estás loco! No nos dejaran salir de allí con vida. Tenemos que pensar en otro plan.'

- 'El tiempo se nos aca…'

Antes de que pudiera terminar la frase, el timbre de la puerta sonó. Los dos hombres se quedaron en silencio, se miraron y en voz baja Steve le preguntó a Kevin, '¿Esperas visita?'

- 'No,' le dijo Kevin un tanto nervioso.

Los dos se apresuraron a recoger el poco dinero que les quedaba y cuando estaban a punto de escapar por la ventana, la puerta se derrumbó ante sus pies. Dos hombres corpulentos y con cara de pocos amigos estaban delante de ellos. Uno de ellos, un poco más bajito que el otro y con una cicatriz en el pómulo derecho, agarró a Steve por la espalda. El otro, también de constitución fuerte y calvo, apuntaba a Kevin con una pistola.

- '¿A dónde creíais que ibais?' dijo el más bajito, obligando a Steve a sentarse en una silla.

- 'No os pongáis así, chicos. Decidle al jefe que le devolveremos todo su dinero pero necesitamos unas horas más,' les dijo Steve aparentando estar tranquilo.

- 'Se os acabó el tiempo. Y el jefe os manda un mensajito,' dijo el más alto.

Acto seguido, y sin que ninguno de los dos pudiera reaccionar y a punta de pistola, fueron apaleados y tiroteados.

Al principio, Steve aún puso un poco de resistencia pero las fuerzas, tal y como iban pasando los minutos, le flojearon. Recibió golpes por todas partes de su cuerpo y si aún les parecía poco, recibió un balazo en la pierna derecha y dos navajazos, uno en el costado izquierdo y otro en la cara.

Kevin, no tuvo mejor suerte que su compañero. Mientras el hombre de la cicatriz se encargaba de Steve, el otro tuvo menos compasión y descargo la mitad de su cargador en el cuerpo de Kevin.

Cuando hubieron terminado, se limpiaron, recogieron la bolsa que tenían Steve y Kevin y dirigiéndose hacia la puerta, el hombre calvo dijo,

- 'Así aprenderéis a no robar a los que os alimentan.' Dicho esto, se dieron media vuelta y desaparecieron dejando un rastro de sangre tras ellos.

CAPÍTULO 18

- 'Bueno, ahora que estamos todas…', empezó a decir Estela pero las chicas no callaban, hablaban unas con otras como cotorras, entre risas y bromas.

Siempre se reunían todas las amigas a tomar un café o té cuando había algún acontecimiento importante que dar.

Todas comentaban lo mismo, 'No sé para qué nos hemos reunido hoy.'

Estela, al ver que sus amigas no dejaban de hablar, se levantó, se dirigió hacia la puerta del comedor y alzando las dos manos, dio tal palmada que provocó que el 'parloteo' cesara y que todas se centraran en ella.

Estela, contenta, por fin por haber llamado su atención, dijo, 'Eso está mejor, chicas. Así que ahora que estáis calladitas como angelitos, aprovecharé la ocasión para deciros que el día 27 de junio del año que viene no quedéis con nadie. Tenéis una cita conmigo en…'

Y sin que pudiera acabar la frase, todas se abalanzaron sobre ella para darle la enhorabuena.

◆

- '¿Quiere hacer alguien el favor de coger el teléfono?' dijo Margaret.

- 'Ya lo cojo yo,' le contestó uno de sus hermanos.

Margaret era la dueña del hostal del pueblo, donde Estela pasaba los veranos. Era el único hostal que había en el pueblo. Era una casa, típica de pueblo, con tres alturas y antiguamente sólo se daba alojamiento a los forasteros pero ella lo había transformado: en la primera planta había construido un pequeño bar- restaurante donde se servía el desayuno y las comidas; en la segunda planta había hecho una pequeña cocina y en la última estaban las habitaciones. Otra cosa que había innovado era repartir comida a las pequeñas aldeas de los alrededores que no tenían ningún medio económico.

Margaret no trabajaba sola, sus dos hermanos también trabajaban allí. Uno, el más joven y regordete, repartía los pedidos, en su vieja furgoneta blanca, todos los días a las aldeas y casas que se hallaban a las afueras del pueblo. El otro hermano, era mayor que Margaret y se ocupaba de atender a los clientes que entraban y salían todos los días.

Físicamente, Margaret era una mujer de constitución ancha, no muy alta y con el cabello acaracolado y rubio teñido. Su rostro era tan duro como una piedra y a veces era difícil sacarle una sonrisa. Era una mujer difícil de complacer. Si estabas de acuerdo con lo que ella decía o comentaba, todo estaba bien pero si pensabas u opinabas diferente entonces ya se ponía echa una furia.

Aquella mañana, Margaret no se imaginaba lo que le esperaba al otro lado del teléfono.

- 'Con la señora Valkon, por favor,' dijo una dulce voz de mujer.

- 'Sí, ahora mismo le paso con ella,' contestó Tom, el hermano pequeño de Margaret.

- '¿Quién le digo que la llama?' quiso saber Tom.

- 'El hospital Bermouth, de Brighton,' respondió la mujer.

- '¡Margaret, ven, es para ti! ¡Te llaman del hospital!' le gritó Tom sorprendido puesto que él supiera no había ningún familiar enfermo ni conocido ingresado en el hospital.

- '¿Si?' dijo Margaret.

- 'Señora Valkon, llamo del hospital Bermouth de Brighton y...'

- 'Oiga,' la interrumpió Margaret, 'creo que se ha confundido. Yo no tengo nada pendiente con el hospital ni a nadie allí.'

- 'Perdone que le diga, con todos mis respetos, que se equivoca,' le replicó cortésmente la mujer, que siguió diciéndole, 'Aquí aparece ingresado un chico llamado Steve Valkon y en su historial médico aparecía su...'

- '¿Mi hijo?' dijo sorprendida y un tanto sofocada.

- 'Sí, señora.'

Margaret asustada y aún no queriendo hacer la típica pregunta aterradora, se armó de valor.

- 'Pero, ¿qué le ha pasado? ¿Está muy grave?'

- 'Ahora mismo está en la unidad de cuidados intensivos,' continuó explicando la mujer, 'ingresó ayer y se le operó de inmediato...'

- '¿Cómo? ¿Por qué no avisaron?'
- 'Señora, no había tiempo. Su hijo ingresó con un tiro en el muslo izquierdo y con múltiples golpes y heridas. Había perdido demasiada sangre y se tomó la decisión idónea.'

Margaret no podía dar crédito a lo que estaba oyendo: su hijo, que creía trabajando en un sitio digno, aparece con un tiro. No entendía nada. Y al cabo de unos minutos reaccionó.

- 'Dígame, por favor ¿puedo ir a verlo?' preguntó con la voz un poco más calmada.
- 'Bueno, no es lo normal ya que hasta que no suba a planta no puede entrar nadie a visitarle. Son las normas.'
- '¿Entonces?'

La mujer al otro lado de la línea no comprendía la reacción de Margaret. Ella esperaba que al informarla de semejante noticia, como cualquier persona haría según ella, dejara el teléfono y fuera corriendo al hospital. Por el contrario siguió haciéndole preguntas.

- 'Señora, no puedo tomar una decisión por usted. Mi obligación era llamarla e informarle de ello para que fuera sabedora pero ni puedo ni debo decirle lo que tiene o no tiene que hacer al respecto.'

Margaret se quedó pensando unos segundos y luego dijo, 'Cierto, perdone. Buenos días y gracias,' le dijo a la mujer colgando el teléfono momentos después.

Tom, que así se llamaba el hermano pequeño de Margaret, al mismo tiempo que ayudaba a su hermano estaba observando a su hermana y al ver el rostro de preocupación, se acercó a ella nada más colgar.

- '¿Qué pasa, Margaret?'
- 'Steve está en la UCI. Ayer le dispararon.'
- 'Si ya lo sabía yo, que este sobrino mío acabaría así,' comentó Tom.
- '¡Ya vale! Es tu sobrino y deberías apoyarle en lugar de empezar a hacer conjeturas sobre él. Si de verdad está llevando una mala vida, como tú dices, ¿por qué no pensáis que tal vez todos vosotros tengáis la culpa de ello? Pero, además, no sabéis nada de nada. Quizás fue atracado y el atracador le disparara. De todos modos eso es lo que menos importa ahora. ¡Oh! ¡Se me olvidaba! ¡Sois perfectos criticando a la gente y haciendo conjeturas!'

Ninguno de los tres había visto entrar en el hostal al hermano de Steve. Era catorce años más joven que Steve, sin embargo eran como dos almas gemelas. Y enfermaba cada vez que oía rumores o habladurías sobre Steve ya que a la gente de la aldea, incluida parte de su familia, le encantaba inventarse historias y divulgarlas sin pensar en el daño que podrían causar. Lo hacían por aburrimiento, decían algunos.

- '¡Oye, merecemos un respeto!' le dijo su madre un poco molesta.

- 'En eso estoy de acuerdo pero no lo estoy en que aún estés aquí mientras tu hijo está solo en el hospital.'

Margaret sabía que en el fondo su hijo tenía razón pero no lo iba a reconocer delante de él.

- 'Mira, mocoso,' empezó su madre, 'tu padre y yo sabemos lo que tenemos que hacer por lo que no necesitamos que venga un crío como tú a decirnos nada. Y ahora vete a casa.'

Dándose media vuelta y al mismo tiempo que abría la puerta del hostal, sacó su móvil y marcó un número. Estaba llamando a un amigo suyo que tenía carnet de conducir para que lo llevara al hospital. No le importaba el castigo que le pudieran poner sus padres por irse sin avisar. Así que con el móvil en la oreja tomó el camino en dirección a la plaza del pueblo donde estaba quedando para que le recogieran.

♦

- 'Estela, está sonando tu teléfono, ¿no lo vas a coger?'

- 'Sí, pero no lo encuentro.'

Como de vez en cuando tenían por costumbre, todas las amigas quedaban para cenar una o dos veces al mes en una de las mejores pizzerías de Brighton. De hecho siempre estaba llena y si querías ir a cenar tenías que reservar mesa una semana antes. Entre tanto ir y venir de los camareros y clientes y entre la cantidad de voces hablando al mismo tiempo, era prácticamente imposible oír el sonido del teléfono si además éste se encontraba en el fondo del bolso negro de Estela.

Se estaba empezando a impacientar al oír que la música no dejaba de sonar y el teléfono no aparecía por ningún lado. Iba ya a volcar todo lo que llevaba en el bolso de manera brusca cuando sus dedos finos y alargados tocaron una superficie plana y dura.

- '¿Lo encuentras o no?' le preguntó Carol que estaba viendo que su hermana iba a explotar.

- 'Sí, por fin. Aquí lo tengo,' dijo pegando un soplido a la vez que contestaba a la llamada.

- '¿Qué pasa?' Quiso saber Carol.

- 'Nada que ya han colgado.'

- 'Seguramente se haya quedado grabado el número si no es un número privado. Míralo y llama a ver quién era,' le comentó su amiga Tina que estaba sentada a su derecha.

- 'Da igual. Si es algo urgente ya me llamaran otra vez,' le dijo Estela.

- '¡Chica, no seas así! Y si ¿es para algo importante? Yo si fuera tú llamaría y lo comprobaría,' le dijo Carol.

Estela meneando la cabeza en señal de asentimiento dijo, '¡Vale, pesadas!'

Mientras tanto las demás estaban hablando, riendo y disfrutando de las pizzas y la bebida por lo que no se estaban enterando de la conversación del trío.

- '¿Sí? ¿Dígame?' preguntó una voz masculina y adolescente.

- 'Perdona, me has llamado hace un momento y no sé quién eres. ¿Qué querías?' le dijo Estela.

- 'Estela, soy Ralph…'

- '¿Cómo sabes mi nombre?' le interrumpió Estela.

- '¿No me reconoces? Soy el hermano pequeño de Steve,' le dijo Ralph.

- 'Mira, si es para hablar de tu hermano no sigas. No quiero ser descortés pero él no me interesa para nada. Para mí pertenece al pasado y hace tiempo que enterré las cosas del pasado.'

- 'Ya, lo entiendo pero te pido que me escuches unos minutos y luego haz lo que quieras,' comentaba Ralph con voz temblorosa.

- 'De acuerdo, tienes dos minutos luego te colgaré,' le dijo seriamente Estela.

- 'Te llamo porque Steve está ingresado en el hospital Bermouth. Lleva ya una semana en planta y dos que estuvo en la UCI. Me ha dicho el médico que parece que el peligro ya haya pasado pero se quedará en el hospital hasta que esté totalmente recuperado,' Ralph hizo una pausa.

Estela estaba en estado de shock al escuchar semejante noticia. No sabía ni cómo reaccionar ni que decir.

- '¿Estela, estás ahí? ¿Estás oyendo lo que te estoy diciendo?' le dijo Ralph viendo que Estela no pronunciaba palabra.

- 'Sí, sí, perdona, es que me había quedado bloqueada,' le contestó ella.

- 'Bueno, yo creía que te lo tenía que decir y por eso te he llamado.'

Mientras Ralph hablaba, Estela estaba pensando que hacer: si ir a verle o quedarse quieta como si con ella no fuera el asunto.

- 'Oye, Ralph, te agradezco que me hayas llamado pero ahora mismo me es imposible darte una respuesta. Tengo que pensarlo. De todos modos muchas gracias,' le dijo tristemente Estela.

- 'Lo entiendo, de veras. Bien, he de dejarte. Tengo que ir a ver cómo va. Un beso,' se despidió Ralph de Estela.

- 'Adiós,' le dijo ella con gran pesar en su corazón.

Inmediatamente después de que Estela dejara el móvil encima de la mesa, a Carol y a Tina les faltó tiempo para preguntarle qué era lo que pasaba. Estela, casi susurrando, les contó todo. Y las dos al unísono le reprocharon que aún estuviera sentada en el restaurante y le aconsejaron que pasara página más que nada por su bien.

Estela las miró y sin que un leve sonido saliera de su diminuta boca, cogió su negro bolso, les hizo un gesto de asentimiento con la cabeza y bajó las escaleras del restaurante como una exhalación.

CAPÍTULO 19

- '¡Por favor! ¿Me puede decir en que habitación se encuentra Steve Valkon?'

La enfermera dirigió la mirada hacia los papeles que estaban encima de su mesa. 'Sí, aquí está. Se encuentra en la 206. Está al final del pasillo.'

- 'Gracias.'

Estela estaba hecha un manojo de nervios. Mientras recorría el largo pasillo muchos recuerdos emergían. Recuerdos que le arrancaban a Estela una sonrisa tímida y que le hacían volver a un pasado lleno de luz y de paz.

Entre tanto recuerdo, llegó a la habitación 206 y cuando estaba a punto de entrar oyó una voz que no era la de Steve y que desconocía por completo. La puerta estaba un poco entreabierta y decidió quedarse fuera y escuchar la conversación.

- 'Steve,' dijo su colega, un hombre alto, corpulento y con un estilo afro. 'No te preocupes. Lo tenemos todo bajo control. Tengo colegas trabajando en el hospital…'

- 'Espera, no entiendo nada de lo que me estás diciendo,' le interrumpió Steve con gran esfuerzo.

- 'Yo te explico,' le empezó a decir su colega, 'hemos pensado darte por muerto y sacarte del país. Por supuesto no podrás volver hasta que las aguas se calmen y los que quieren que desaparezcas se olviden de ti. ¿Qué dices?'

El rostro de Steve dejaba ver dudas y cierto miedo. 'Aclárame una cosa, estás hablando todo el tiempo en singular ¿y qué hay de Kevin? Él también debería desaparecer,' le preguntó a Eddie, su colega.

- 'Lo siento, Steve, Kevin no sobrevivió.'

Steve enmudeció y la tristeza se dejaba entrever en sus grandes y negros ojos.

- 'Creo que es lo mejor para ti y para todos los que te rodean. Si te quedas aquí la próxima vez irás directo al depósito de cadáveres y no al hospital.'

- 'No me puedo ir ahora, tengo que vengar a Kevin.'

- 'No seas necio. Un hombre solo no puede destruir a una banda respaldada por un hombre de gran poder. No lo pienses. Hazme caso y con el paso de los años todo irá mejor. Confía en mí.'

Steve levantó la vista y miró a Eddie fijamente, '¿Y cuando has pensado que se haga?', dijo finalmente.

- 'Dentro de cuatro semanas.'

- '¿Y dónde has pensado enviarme?'

- 'No te lo puedo decir. No me fío de nadie. Las paredes oyen. Te daré unas instrucciones, síguelas y llegarás a tu destino. Ahora me tengo que ir. Nos vemos pronto.'

En ese momento, la puerta de la habitación se abrió y Estela entró, el rostro de Steve se iluminó pero los ojos de Eddie se cruzaron con los de Estela que hizo que ella se apartara.

Cuando la puerta se cerró, los dos se miraron como niños sin decirse nada esperando a que uno decidiera dar el primer paso. Estela se sentó en un lado de la cama y le cogió la mano.

- '¿Qué te ha pasado? ¡Oh, Steve!' Las lágrimas le caían por sus lindas mejillas.

- 'No llores, Estela,' le dijo Steve y continuó, 'la vida me ha dado lo que yo me he ganado a pulso,' agachó la cabeza y acariciando el suave rostro de Estela prosiguió, 'Si tanto me aprecias, te voy a pedir algo y necesito que lo cumplas…'

- '¡Steve!' le dijo cariñosamente.

- 'Quiero que te olvides de mí, que borres nuestros recuerdos como si yo jamás hubiera existido, quiero…"

- '¡No sigas, Steve! ¡Si te quieres deshacer de mí dímelo de una vez! ¡Pero no me vuelvas a hacer daño!' rompió a llorar y luego le dijo, 'No puedo seguir así, creía que seguirías siendo mi amigo a pesar de todo, pero por lo que veo me equivoqué. Y sí te voy a hacer caso, de hecho me voy a casar dentro de poco.' Le miró fijamente y con sus últimas lágrimas se despidió de su gran amor para siempre.

Steve, con la vista fija en la ventana cristalina, le dijo gritándole, '¡Vete, vete ya Estela! ¡Ya no queda más que decir!'

En ese momento, un chico rubio, de mediana estatura y bastante apuesto entró en la habitación.

- 'Hola', dijo.

- 'Hola y adiós,' le contestó Estela saliendo de la habitación como una exhalación y dirigiéndose hacia la puerta principal del hospital, pero antes de que pudiese llegar, una mano la cogió del brazo y la echó para atrás.

- '¿Qué haces? Suéltame,' dijo Estela.

- 'Tranquilízate, Estela. Solo te pido unos segundos. Ven conmigo a la cafetería y hablemos con unos cafés.'

Antes de contestar se lo pensó unos segundos, 'De acuerdo, pero no me quedaré mucho. Ya no tengo nada que me retenga aquí.'

Mirándose mutuamente se dirigieron a la cafetería. Allí se sentaron en una mesa que había al fondo.

- 'Bueno, Estela,' empezó a decir Ralph para romper el hielo. 'Entiéndele también a él. Sé que es muy duro estar con una persona como mi hermano por la vida que lleva pero en el fondo es un buen tipo y sé que siempre ha sentido algo especial por ti.'

- 'Mira, Ralph, su oportunidad la perdió hace muchísimo tiempo y yo lo único que deseaba es que volviéramos a ser amigos de nuevo. Sin embargo, está visto que es una misión imposible.'

- 'No sé lo que te ha podido decir pero ¿me puedes prometer una cosa?'

- 'No más promesas, Ralph. Tu hermano me ha hecho prometerle que me olvide de él. Así que no más promesas, por favor.'

- 'Estela, seguro que lo ha dicho por algo que no te puede decir para que nada malo te suceda a ti. No obstante, sé que en el fondo de su corazón le gustaría verte otra vez aunque sólo salgan por su boca palabras desagradables hacia ti.'

- 'Entonces, ¿para qué me estás insinuando que vuelva a visitarle? No podría soportarlo más'

- 'De todas formas, piénsatelo.'

Dirigiendo su mirada al reloj, se despidió de Ralph y asintiendo con la cabeza le dio a entender que lo meditaría.

Aquella noche, Estela no pudo conciliar el sueño, los pensamientos acerca de Steve y lo que había comentado Ralph no le dejaban en paz.

CAPÍTULO 20

Ya había pasado un mes después de aquella visita inolvidable. Sin embargo, la imagen del hombre, que en lo más profundo de su ser, le había robado el corazón, seguía viva.

- '¿A dónde vas?' le preguntó Mark.
- 'A una entrevista de trabajo".

Mark la miró incrédulamente porque debido a su posesiva y celosa personalidad siempre iba más allá de lo normal y pensaba que se iba a ver a otro hombre.

- 'Pero, si tú ya tienes uno,' le dijo.
- 'Sí, aunque si gano algo de dinero extra no estaría nada mal,' le contestó y de esa forma Mark se quedó un poco conforme pero aún pensativo.

Con los nervios revoloteando en su interior, sus pies la condujeron directa al hospital. Cuando llegó a la doble puerta de cristal que se abría y se cerraba como si fuera un muelle, se detuvo un instante dudando si debía pasar o no. Y en esos momentos de incertidumbre, alguien apareció detrás de ella.

- '¡Te lo dije, no te librarás de mi jamás!'
- '¡No! ¡Otra vez no!'

Tapándose la cara intentando que ese espectro se marchara, cayó en el húmedo pavimento perdiendo el conocimiento.

- '¿Qué, qué me ha pasado? ¿Dónde estoy?'
- 'Tranquila Estela. Te desmayaste en la calle y empezaste a gritar horrorizada.'
- 'No me acuerdo de nada.'
- 'No pasa nada. Pero dime, ¿a quién le decías que te dejara en paz?'

- 'Es una historia muy larga, ya te la contaré en otro momento. Ahora ayúdame a quitarme todos estos cables. Tenemos que ir a ver cómo está tu hermano.'

- 'Estela, aún no te has recuperado del todo. Espera hasta que venga el médico y te diga si te puedes ir ya o no.'

- 'Ralph, no es nada. No es la primera vez que me pasa. Así que venga, tráeme la ropa y vamos.'

A pesar de no estar totalmente de acuerdo con la decisión de Estela, accedió a hacer lo que le pedía.

Al llegar a la habitación de Steve se llevaron una gran sorpresa: ¡LA HABITACIÓN ESTABA DESIERTA!

- 'Es imposible que le hayan dado el alta tan pronto. ¿Le habrán trasladado a otra planta? ¿Habrá empeorado?'

Mientras Ralph se estaba haciendo tantas preguntas sin respuesta, Estela miraba por la habitación intentando encontrar respuestas. Y su búsqueda tuvo éxito. En el primer cajón de la mesita que había al lado de la cama había una carta dirigida a Estela y a Ralph.

Queridos Ralph y Estela,

Siento no haber tenido tiempo de despedirme de vosotros. Os escribo para deciros que no os preocupéis por mí. No sé cuánto tiempo estaré fuera. Os pido que sigáis con vuestras vidas. Y a ti, Estela, siento lo que pasó aquel día en el hospital y no haber disfrutado más de tu compañía. Nunca te olvidaré pero seguro que serás muchísimo más feliz con tu futuro marido que lo podrías haber sido conmigo. Espero que algún día me perdones por todo lo que te he hecho pasar. Y a ti hermano, también te deseo lo mejor. Te lo mereces. Eres el único que te has preocupado realmente por mí a pesar de saber que yo era y soy un caso perdido. Ojala pudiéramos cambiar las cosas pero tenemos que aceptarlas tal y como vienen ya que lo hecho, hecho está.

Me tengo que marchar. Muchos besos y nunca olvidéis que sois dos de las personas más importantes que han pasado por mi vida.

STEVE.

CAPÍTULO 21

- 'Detective Hudson, tenemos rodeada toda la mansión. Esperamos órdenes.'

La mansión McCarthy, situada en las afueras de Hove, se alzaba en la cima de una colina como un depredador vigilando y esperando a su próxima víctima. Su dueño, el señor McCarthy, un hombre bajito y redondo como una pelota, era uno de los más importantes en el mundo de las drogas, de la exportación de coches robados de alta gama y del blanqueo de dinero.

El detective Hudson, tras varios años detrás de McCarthy, por fin tenía pruebas suficientes para encerrarlo de por vida.

Un día, estando en su despacho, recibió un paquete anónimo con toda la documentación necesaria para incriminar y encarcelar a McCarthy.

- 'Hudson, estamos esperando,' dijo uno de sus hombres.
- 'Luz verde. Entremos. Jackson, lo quiero vivo, ¿me oyes?'
- 'Sí, entendido.'
- 'Jackson, dime algo. ¿Tenéis a McCarthy?'
- 'Hudson, yo de ti me acercaría por aquí.'

Cuando Hudson llegó a la mansión, no se encontró con lo que él pensaba. El panorama era desolador. Parecía como si hubiera pasado por la mansión una apisonadora aplastando y destruyendo todo lo que se encontrara en su camino.

Había cuatro cadáveres totalmente destrozados y desfigurados en el salón principal, además de sangre desparramada por cada uno de los rincones de la sala. Tanto Hudson como el resto del equipo pensaron que eran los hombres de McCarthy pero hasta que el forense no les hiciera la autopsia no podrían asegurarlo.

El cuerpo del gran jefe, lo hallaron atado de pies y manos en su gigantesca cama de agua con la cara destrozada y el cuerpo acribillado a balazos.

- 'Bueno, Hudson,' empezó a decir Jackson, 'asunto solucionado. Uno menos'

- 'Sí pero seguro que nos harán investigar quien se lo ha cargado.'

♦

- 'Cariño, no creo que nuestra hija deba casarse con él,' le comentó David a su mujer.

- 'David, amor. Ya lo hemos hablado muchas veces. Yo también opino lo mismo pero es su decisión y nos guste o no la tenemos que respetar.'

- 'Sí, pero sigo diciendo que no va a ser feliz a su lado. Y pienso que es preferible darse cuenta a tiempo y no más tarde para evitar daños mayores.'

- 'David, por favor. No sigas con eso. Lo que ahora mismo necesita, nuestra hija, es nuestro apoyo incondicional. Y así lo vamos a hacer. Por lo que no quiero más comentarios al respeto,' dicho esto, Stephanie dejó solo a su marido en la cocina.

Carol, que estaba en su habitación, oyó lo que sus padres habían estado hablando y bajó las escaleras, directa a la cocina.

- 'Papá, mamá tiene razón aunque opino lo mismo que tú. De todos modos, debemos intentar que el 27 del mes que viene sea el día más feliz de su vida.'

Mientras todo esto sucedía en el interior de su casa, Estela estaba sentada en su jardín pensando no en el día de su boda ni en su futuro marido sino en aquel amigo que perdió y que desearía volver a ver.

- 'Ojala estuvieras aquí, Steve. Me devolverías las ganas de reír y vivir aunque no me hablaras, aunque me evitaras. A mí me bastaría saber que estás ahí, cerca de mí,' pensaba para sí misma mirando al inmenso cielo azul y con lágrimas ensuciando su lindo y dulce rostro.

Su hermana que la estaba observando desde la ventana del comedor, sabía que la luz interior de Estela no regresaría jamás si Steve no estaba. Hiciera lo que hiciera por rehacer su vida e intentar olvidar el pasado; ese pasado la perseguiría eternamente. Ella se autoconvencía de que realmente estaba enamorada de Mark, pero ¿por qué no se sentía feliz y dichosa si eso era así? Porque en el fondo no era amor lo que sentía hacia su futuro marido sino cariño y sobre todo había sido elegido como sustituto de su desdichado pasado y como amuleto para empezar una nueva vida que fuera capaz de borrarle de su subconsciente, esos recuerdos amargos y a la vez tiernos.

◆

- 'Steve, pasa, quiero hablar contigo,' dijo Carlos, un hombre de estatura mediana, grueso y prácticamente calvo.

Carlos era el cabecilla de una banda de delincuentes situada al sureste de México, concretamente en Tuxtla Gutiérrez, la capital del estado de Chiapas. Se dedicaban a robar a los bancos y el dinero que recaudaban lo invertían en armas y alimentos para la guerrilla establecida en la selva Lacandona. No estaban dentro de los más peligrosos ya que no registraban ninguna muerte. Sin embargo, un buen día, en pleno atraco en el Banco Central de México, uno de los componentes se puso nervioso y empezó a disparar descontroladamente contra todo lo que se moviera incluidos los seis rehenes que tenían.

Ante lo sucedido, Carlos decidió dejar el dinero y huir tan rápido como una bala antes de que la calle se llenara de coches de policía.

Aquel lamentable suceso acabó con la vida de dos civiles, una mujer de unos cincuenta años y un hombre de unos treinta más o menos y con una de las oficinistas. El resto de los rehenes resultaron heridos levemente.

De camino a la selva, Carlos no pronunció ni palabra. Había un silencio bastante tétrico que embriagaba el ambiente. Cuando llegaron por fin al campamento, Carlos hizo llamar al causante de la tragedia.

- 'Antes de que llegaras aquí hace un año, nunca habíamos tenido ningún problema ni ningún percance. Lo que ha sucedido hoy es imperdonable. Por tu culpa y por tu falta de serenidad ahora seremos los más buscados del país,' mirando a Steve, alzó su brazo derecho apuntándole con una Magnum 357.

- '¡Carlos, por favor! ¡Ha sido un error! ¡Sé que no tenía que haber perdido los nervios pero la anciana no paraba de chillar y perdí la cabeza!'

- '¡No es excusa! ¡Hemos entrenado para afrontar cierto tipo de situaciones y la de hoy era una de ellas! ¡Lo que no admito ni consiento es que nadie de mi equipo vaya drogado hasta las cejas cuando tenemos que hacer un trabajo! Y ese ha sido el motivo de tu acto. Ante esto, no hay otra que eliminar el problema. Lo siento chico, ¡pero este mundo es así!'

¡BANG! ¡BANG!

El ruido de su Magnum fue tal que hasta los pájaros que estaban en las copas de los árboles más altos de la selva huyeron como si les fuera la vida en ello.

- '¡Vosotros, moved el campamento! ¡Nos vamos!'

Nadie fue capaz de decirle una sola palabra. Acataron las órdenes, dejando a un moribundo Steve en medio de la selva.

CAPÍTULO 22

La majestuosa Luna Llena dejó pasó al rey del día. Sus rayos así lo confirmaban. Aquel objeto circular en medio del cielo y solitario brillaba más que nunca en la ciudad de Brighton pero especialmente sus rayos parecían enfocarse en la residencia de los Clayton.

Eran las 7:00 de la mañana y había mucho movimiento en el interior de la casa. Stephanie estaba haciendo los desayunos, David estaba bajando las escaleras con las llaves de su Audi 5 en la mano. Tenía que ir a lavarlo para el gran día que se avecinaba. Entró en la cocina, donde estaba su mujer, cogió la taza de café con leche y bebiéndosela de un trago, le dio un beso a Stephanie y salió corriendo hacia el coche.

Carol se estaba duchando y preparando su vestido y sus zapatos para que estuviera todo listo cuando llegara la hora de ponérselos.

Toda la familia, incluso su abuela y tíos, iban deprisa y corriendo para estar perfectos en ese día tan especial, excepto Estela, que estaba tumbada en la cama pensando en si debía o no dar el paso. Cada vez que sus ojos se desviaban al blanco y reluciente vestido, que estaba allí colgado, al lado de su cama, las dudas se hacían cada vez más grandes. Sin embargo, una de esas veces, que miró su lindo vestido, éste tenía una luz distinta, era como si le quisiera decir algo, algo como "Venga, Estela, no te lo pienses más, hoy es tu gran día, tienes que disfrutar y comenzar una nueva vida. Te estoy esperando, pruébame y todas tus dudas se volatilizaran".

Sin apartar la mirada, hizo un gesto de asentimiento y acto seguido se levantó, fue al cajón de su mesita, sacó una foto de aquella persona que la estaba martirizando y la rompió en pedazos. 'Ahora, sí puedo empezar de nuevo. Ya no más miradas al pasado. Es hora de ser feliz. Hoy es mi día y no lo voy a desperdiciar,' se dijo para sí misma, abriendo la puerta de su habitación y bajando las escaleras para desayunar.

- 'Hija, pensaba que no bajabas. Ahora mismo iba a subir a llamarte. Son las 7:45 y la peluquera viene dentro de media hora. Así que desayuna rápido y te vas a ducharte.'

- 'No te preocupes, mamá. Estaré lista antes de las 8:15.'

Stephanie miraba a su hija atentamente mientras hablaba y veía que algo le estaba pasando. '¿Estás bien, hija? ¿Estás segura del paso que vas a dar?'

- '¿Por qué me preguntas eso, mamá? Quiero a Mark y creo que voy a ser feliz con él. No te preocupes, estoy bien,' le dijo a su madre dándole un beso en la mejilla.

Stephanie le sonrió y se subió a su habitación a preparar su vestido y el traje de su marido, padrino de su primogénita como marcaba la costumbre familiar.

◆

- '¿David?'

- '¡Hombre, George! ¡Cuánto tiempo sin verte! ¿Cómo estás?'

- 'Bien. Hace unos meses me contrataron para trabajar en unos laboratorios. Y tú, ¿cómo estás?'

- 'Vamos tirando. Hoy se casa mi hija, la mayor, y como es debido he venido a limpiar el coche.'

- '¡Enhorabuena!'

- 'Sí, gracias,' le dijo David con tono apagado.

- 'No se te ve muy entusiasmado, cosa que tendría que ser al contrario.'

- 'Sí, bueno, es que creo que no es el hombre adecuado para ella. Pienso que no la va a hacer feliz y que se está equivocando al dar este paso.'

- 'David, es normal que te preocupes por ello, pero si quieres mi opinión, hoy deberías estar a su lado y radiante. Ella no debe notar que tú no estás de acuerdo con la boda. Y, si me permites, te diré que si tienes razón, el tiempo lo dirá. Pero hoy, disfruta con tu familia de este día.'

- 'Gracias, George. Te agradezco tu consejo,' mirando el reloj y viendo que se estaba haciendo un poco tarde, se despidió de George, amigo del colegio, y se fue a recoger el coche, que ya estaba listo para llevárselo.

◆

- '¡Menos mal que ya has llegado, David!' le dijo su mujer desesperadamente.

- '¿Por qué? ¿Qué pasa? Aún son las dos del mediodía y hasta las cuatro no llega nadie. Tranquilízate, que verás como todo va a salir bien', le dijo a su mujer que estaba viendo como empezaban a aflorar sus nervios.

Su mujer ya se estaba poniendo nerviosa y estaba a punto de contestarle de malas formas cuando Carol le tocó en el hombro con un gesto de tranquilidad y después se fue hacia su padre y le dijo:

- 'A ver papá, los tíos y los amigos dentro de una hora estarán aquí y la mamá quiere tener todo listo. Así que entre todos tenemos que cooperar para que salga todo correctamente y ella lo vea como le gusta.'

- 'Pero, Carol,' le contestó David, 'si yo mismo le he dicho que se tranquilice, que todo va a salir bien. Esta mujer se pone enseguida muy nerviosa.'

- 'Papá, ya sabes cómo es mamá. Así que te pido que tengas paciencia y que ayudes en todo lo que puedas. ¿Vale?'

- 'De acuerdo, hija. Me voy a echarle una mano que va de un sitio a otro y le va a dar un desmayo y eso es lo que no quiero que pase,' y dándole un beso en la mejilla a Carol se fue a la cocina.

Stephanie, era como un galgo, iba de un sitio a otro llevando los cubiertos, los vasos y la comida.

- '¡Venga! ¡Todos a la mesa! Carol, cariño, dile a tu hermana que baje ya por favor.'

- 'No hace falta mamá, ya estoy aquí,' le dijo Estela que estaba justo tras ella.

Fue una comida ligera y rápida. Tan pronto los platos estuvieron en la mesa como desaparecieron dentro del lavavajillas.

Había en la atmósfera del hogar de los Clayton emociones diversas: por un lado se palpaba una tensión notable pero por otro lado se respiraba una intensa emoción. Todo estaba saliendo a la perfección, tal como Stephanie deseaba.

Eran ya las cuatro y el timbre de la puerta principal sonó como el zumbido de las abejas cuando parlotean entre ellas.

Era la peluquera. La cuenta atrás ya había comenzado. Estela, en ese momento, estaba en su cuarto relajándose un poco, oyendo su música preferida.

- 'Estela, baja. La peluquera ya está aquí.'

- '¡Ya voy!'

Mientras Estela estaba en el salón de belleza, amigos y familiares de la novia iban llegando.

Carol, ya con su precioso vestido verde caqui, era la encargada de recibir las visitas y la que conducía a los invitados al jardín que había en la parte trasera de la casa.

El jardín no era de dimensiones enormes pero estaba tan bien cuidado y decorado que parecía que estuvieras en un campo lleno de rosas multicolores por todas partes.

Había una alfombra roja en el centro del jardín que dividía a los invitados en dos partes: a la izquierda se colocarían los invitados de la novia y a la derecha el del novio. Justo enfrente había un arco confeccionado con las rosas del jardín del Edén.

Stephanie había preparado unas tortas de tomate y unos refrescos mientras los invitados esperaban a la ansiosa novia.

- 'Carol, ¿vienes a vestir a tu hermana?' le preguntó Tina.

- 'Sí, sí, empezad ya. Ahora mismo voy.'

Las amigas de toda la vida de Estela se pusieron a la faena. Una llevaba los zapatos, otra el vestido, otra la liga que se tenía que poner encima de las medias y otra estaba lista con una caja de maquillaje para retocarla si hacía falta.

Al mismo tiempo, en otra de las habitaciones contiguas a la de Estela estaban sus padres acabando de acicalarse cuando el timbre de la puerta volvió a sonar. Era el fotógrafo, que como marcaba la tradición, tenía que hacerles unas fotos a los familiares más allegados y a la novia antes de la boda.

Sin embargo, el cielo se tiñó grisáceo cuando Estela le preguntó al fotógrafo por el video. Ella había contratado un álbum de fotos y el video de la boda y para su desgracia el fotógrafo le dijo que se había olvidado del video. En ese instante, Estela rompió a llorar tan fuerte como las olas cuando golpean las rocas del malecón. No había consuelo para ella.

Su padre, que estaba aún en la habitación, pensó para sí, "Es lo que yo decía, esta boda no se tenía que celebrar. De ahí esta señal."

- 'Venga, Estela, no pasa nada. Seguro que algunos de los invitados tiene cámara y graban este día tan dichoso,' le dijo Niki, una de las amigas del pueblo.

- '¡Ale, va! ¡No quiero más lloros!' le dijo su madre, que en ese momento entraba en la habitación de Estela. 'Sécate las lágrimas. Niki que te retoque un poco y asunto olvidado,' continuó diciéndole su madre mientras Estela poco a poco se iba calmando.

Y finalmente, solo las palabras de una madre pudieron hacer reaccionar a una hija. Por lo que sus amigas acabaron de vestirla, de retocarle el maquillaje y se hizo las fotos pertinentes para el álbum; primero sola y luego con sus padres, tíos, abuela y hermana.

Faltaba menos de un cuarto de hora para que esa novia reluciente cruzara el umbral hacia su nueva etapa en la vida.

El novio ya estaba en el altar, los invitados estaban todos en sus butacas y solo faltaba ella. Mark no paraba de moverse de un lado a otro de la tarima e incluso tuvo el impulso de ir a buscarla cuando una música nupcial empezó a sonar por todo el jardín floral y la puerta cristalina de roble, que comunicaba el comedor con el jardín, se abrió dando paso a una novia sonriente que acompañada de su queridísimo padre deslumbraba más que los rayos solares aquel día.

Llevaba un vestido de tirantes y el escote estaba adornado de flores. La pequeña cola que arrastraba a paso lento, la hacía parecer la persona más bella del planeta.

Todo se estaba desarrollando según el protocolo de bodas pero el momento más emotivo fue cuando Estela dijo 'sí quiero'. En ese instante, a su padre le saltaron las lágrimas.

CAPÍTULO 23

El cuerpo moribundo de Steve yacía en un charco de sangre en mitad de la densa selva, un lugar perfecto para que nadie pueda ver nada aún pasando cerca de las gigantescas ceibas que la componen.

Sin embargo, a la mañana siguiente del trágico y brutal suceso un indígena lacandón pasaba por donde estaba Steve. El pobre hombre iba por la orilla de la laguna Miramar de vuelta a su poblado, a unos metros de allí, cuando vio algo extraño entre los árboles. Al principio, pensó en seguir hacia delante pero la curiosidad le pudo más que otra cosa y se acercó a ver lo que era.

Cuando se encontraba lo bastante próximo al cuerpo, su primera reacción fue coger un palo y tocar con él el cuerpo para comprobar si estaba vivo o muerto. Al ver que Steve, con apenas fuerza alguna, movió un brazo bruscamente, el hombre se echó hacia atrás y esperó como un espantapájaros a otra reacción. Tras unos minutos sin moverse, vio que Steve estaba malherido y sin pensárselo dos veces lo levantó como pudo, se lo cargó a sus espaldas y prosiguió el camino hacia su poblado.

◆

El poblado de José, cerca de la laguna Miramar, estaba formado por unas diez casas, todas ellas de madera y láminas.

José era el jefe de una familia compuesta por sus cuatro hijos y su mujer. Ellos junto con otras nueve familias eran los únicos indígenas, al sur de la selva, que habían decidido quedarse a vivir allí. Subsistían gracias a lo que la tierra les proporcionaba y a la elaboración artesanal de collares y objetos de barro.

Esa mañana, José había salido del poblado para recoger semillas y plantas con las que ellos elaboraban sus propias medicinas.

Cuando José llegó a la aldea, su mujer, que en ese momento estaba dejando unas figuras en la entrada de su casa para que se secaran, lo vio y fue directa a él con un gesto de asombro en su rostro.

- '¡Pero, mi amor! ¿A quién traes?' le preguntó.

- 'Maina, cariño, me lo he encontrado de camino a casa y…'

Entonces Maina, una mujer robusta y con el temperamento bastante fuerte, empezó a gritarle como si le fuera la vida en ello.

- '¡Tú te has vuelto loco! ¡Ahora has puesto en peligro a toda nuestra pequeña comunidad!' respiró profundamente y continuó, '¿Qué piensas hacer con él? El resto del poblado lo tiene que saber para poder tomar una decisión sabia.'

Habiendo dicho esto, entró en la casa cerrando de un portazo la puerta de la vivienda. Tal fue el ruido que hizo al cerrarse que los colibríes que merodeaban por las cercanías huyeron despavoridos y la comunidad restante salió a ver lo que había sucedido.

- '¿Qué ha sido eso?' dijo uno.

- '¿A qué se debe tanto ruido?' dijo otro.

Al oír tanto barullo fuera, José no tuvo más remedio que salir de su casa y dar una explicación razonable.

- 'A ver, por favor, déjenme hablar,' dijo José, al cual era imposible escuchar entre tanta jauría.

- 'Esta mañana, de regreso al poblado me topé por casualidad con un pobre moribundo y decidí traerlo y…'

- '¿José, estás seguro de tu decisión? No lo conoces. No sabemos nada de él. Y si es algún bárbaro o una persona "non grata" y nos mete en un grave problema por darle cobijo y entonces…'

- 'Perdona que te interrumpa,' le dijo José a Rancho, un primo suyo que vivía con su familia y el resto desde que nació. 'Lo tendré en mi casa hasta que esté lo bastante fuerte como para valerse por sí mismo y abandonar nuestro territorio lo antes posible. Nadie tiene por qué preocuparse de nada. Yo me hago responsable de él durante el tiempo que esté entre nosotros.'

Entonces el resto de la comunidad hizo un corro y entre murmullos tomaron una decisión unánime.

- 'De acuerdo, José,' le dijo Rancho, 'pero procura mantenerlo lejos de los demás. Si pasa algo tú cargarás con todo y tendrás que dejar el poblado como está establecido en las leyes de nuestros ancestros.'

José sabía perfectamente que estaba jugando con fuego, que lo estaba arriesgando todo por un desconocido que no sabía si representaba el mal o el bien. Así que inclinando la cabeza asintió, se dio media vuelta y entró en su casa.

♦

- 'Ahora mi mundo es perfecto,' se decía para sí misma Estela mientras observaba, agarrada del brazo de su marido, como las ballenas de Tadoussac subían a la superficie para comer, 'tengo lo que quería, soy feliz y por fin se acabaron las malas noches sin dormir. Además Mark es una persona estupenda y este viaje es de ensueño,' continuaba diciéndose a la vez que le dedicaba una cariñosa sonrisa a Mark.

Mark y Estela estaban de luna de miel en la costa este de Canadá. El color variado de las hojas de los árboles, las aguas fluyendo libremente por la tierra y la fauna animal que habitaba por esa zona, la hacían sentirse plena y dichosa y durante ocho fantásticos días, visitando las diferentes ciudades de Canadá, desde Ontario hasta Quebec, pasando por las cataratas del Niágara y por la reserva hurona que vivía allí, la apartaron de esa oscuridad que no la dejaba respirar.

Quedó impregnada de la atmósfera quebequense, sobre todo de su casco antiguo, donde la fachada de las viviendas con sus balcones de madera y de doquier la adentraban en la época que ella tanto adoraba y amaba, la época Shakesperiana, y en la que ella tantas veces se refugiaba para escapar de ese ente oscuro que le robaba su energía.

Era como estar en un sueño del que nunca uno quiere despertar. De hecho, durante su corta estancia en el país, Estela parecía una persona completamente distinta.

Como en las tragedias shakesperianas, aquel hombre que estaba a su lado en todo momento y con el que había decidido empezar una nueva vida, pronto sufriría un cambio brusco que salpicaría todo lo bello que rodeaba su ser.

CAPÍTULO 24

- '¡Ya está bien niños, dejad a K'ik'el! Todavía se está recuperando de sus heridas.'

- 'Gracias, José, pero no me molestaban. Al contrario, me ayudan para poder recuperarme lo antes posible.'

K'ik'el, que significaba en la lengua lacandones "sangre", era el nombre que había decidido ponerle José a Steve cuando éste aún estaba inconsciente. Eligió este nombre y no otro por haberlo encontrado en medio de un gran charco de sangre.

Las cosas en el poblado no habían cambiado mucho desde la llegada de Steve. De hecho, él cooperaba con José y los demás hombres en las tareas cotidianas de la aldea designadas a los hombres, como la caza o la recolecta de plantas.

Por la noche mientras los aldeanos dormían, Steve se dedicaba a poner su cuerpo en forma con un único fin: Venganza.

Desde el primer día que despertó en aquella choza, su único pensamiento era vengarse de Carlos, el hombre que le había provocado semejantes heridas hasta casi enviarlo al otro mundo si no hubiera sido por el generoso José.

Al principio la pequeña comunidad le temía por ser un forastero pero con el paso de los meses su opinión fue cambiando al comprobar que "el extranjero" no era malo, no les quería hacer daño, al revés, les trataba con mucha amabilidad y cariño y no le importaba ayudar en todo lo que ellos necesitaran.

- 'Bueno, pero ya sabes, a veces los niños se vuelven muy pesados y no conocen hasta donde pueden llegar.'

- 'No, no lo sé porque no tengo hijos pero sí sé que eso no les ocurre solo a los niños, a los adultos también.'

José no entendía muy bien aquellas palabras pero no les dio mucha importancia.

- 'Dime una cosa K'ik'el.'

- 'Tú dirás.'

- 'Ayer a medianoche me desperté y te vi rebuscando debajo de tu cama.'

- 'Sí, bueno,' Steve no sabía lo que decirle. 'Es que creo que llevaba conmigo una pequeña mochila cuando me encontraste. Y es, es muy importante para mí.'

- '¿Cómo de importante?' quería saber José.

- 'Mira, José,' comenzó a explicarle, 'no me he portado mal contigo ni con tu poblado desde que estoy aquí. Así que te pediría que no me hicieras preguntas a las que no te puedo responder.'

- '¿Tan serio es lo que no te deja dormir?'

- 'Ahora sí que no te entiendo, José.'

- 'El que no te comprende soy yo. Sé que desde que te encontré en aquel estado, algo oscuro y peligroso había en ti. Nunca lo he comentado con nadie pero te pediría que me lo contaras. Creo que merezco una explicación. Después de todo si no llega a ser por mí, hubieras muerto en aquel lugar.'

Steve estaba escuchándole atentamente sabiendo que tenía que contarle algo para que se conformara y así tener más tiempo para llevar a cabo su venganza.

- 'Es verdad. Tienes razón. Me mezclé con la gente equivocada y mi salvación está en la mochila que perdí.'

José, aún no conforme con el argumento de Steve siguió haciéndole preguntas.

- '¿Y qué hay en esa mochila?'

Steve se tomó unos minutos antes de contestar. 'Documentos.'

- '¿Qué tipo de documentos?'

- 'José, por favor, si la tienes, dámela. No te puedo contar nada más a menos que quieras poner en peligro a tu gente.'

Ante esta respuesta, José se dio media vuelta, entró en la casa y segundos después apareció con una diminuta mochila entre sus manos.

- 'Toma. La encontré en la orilla del río. Al día siguiente de hallarte.'

- 'Gracias.'

- 'No. No me las des.' Le dijo pensativo añadiendo después, 'me veo en mi deber de comunicarte que tendrás que abandonar este lugar tan pronto como sea posible.'

- '¡Pero José! ¡Nunca os he hecho daño! ¡Dame una semana! ¡Solo una semana más! ¡Y despareceré de vuestras vidas para siempre!' le suplicó Steve consciente de que el poblado de José era el lugar idóneo para poder preparar su plan.

Mirándole fijamente le contestó, 'está bien. Tienes de plazo una semana más. Esto queda entre tú y yo. Los demás no tienen porque enterarse de nada.'

- 'Te lo agradezco. En serio.'

- 'Guárdate los agradecimientos, K'ik'el. Solo he hecho lo que creía conveniente para mi pueblo.' Diciendo esto José regresó a las tareas del día.

Steve, sin embargo, se quedó sentado en un tronco de madera esperando que nadie estuviera merodeando cerca de allí para poder comprobar si todo estaba en la mochila.

"Todo" era su arma y un móvil. Cuando, por fin, la abrió y vio que ambas cosas estaban en el interior, cogió el pequeño aparato y marcó un número.

El primer paso para llevar con éxito su plan había comenzado.

◆

Durante los primeros meses de convivencia después de su regreso de Canadá, parecía un matrimonio digno de admiración: eran la pareja perfecta, se les veía felices y a donde iba uno iba el otro. Era la clase de relación que a cualquier persona le encantaría tener pero, como en la mayoría de los casos, las apariencias engañan.

Estela vivía en una burbuja de luz que la mantenía alejada de la cruel realidad. Solamente con mirarla aparentaba ser la mujer más dichosa del mundo.

Había una persona que toda aquella radiación le parecía una farsa. Opinión que no era compartida por la gente que tenía a su alrededor. Esa persona era, David, el padre de Estela que conociendo la verdadera esencia de su hija, sabía mirando aquellos ojos negros que esa burbuja era tan frágil como el cristal y acabaría en pedazos de un momento a otro. A la vez, su propia naturaleza le prohibía compartirlo con su familia o amigo ya que entendía que el tiempo que durase esa luz por lo menos Estela alumbraría por sí sola según creía ella.

◆

- '¿Y tu hermana, Carol?'

- 'No, no ha podido venir.'

Como era costumbre, una vez al mes las amigas se reunían a tomar té o café en casa de una de ellas.

A Tina la contestación de Carol no le convenció del todo. '¡Venga, Carol, no me lo creo!'

- 'Tina, yo no sé nada. La he llamado y le he dicho que habíamos quedado y esa ha sido su respuesta.'

- '¡Sí, sí!' hizo una pausa y siguió. 'Pero ¿es qué nadie aquí presente ve lo que yo estoy viendo?'

Todas las miradas se centraron en Tina y al unísono dijeron un ¡NO! Rotundo. Tina estaba empezando a desesperarse.

- '¡Chicas!' gritó Tina.

- '¡No chilles! Que no estamos sordas,' le dijo Mary, una de ellas. 'Ya que no nos hemos dado cuenta, creo que hablo por todas, nos gustaría que nos dijeras lo que te preocupa.'

Tina, un poco más calmada, empezó a narrarles que desde hacía algunas semanas estaba percibiendo que Estela iba alejándose de ellas poco a poco. Cada vez salía menos con ellas. Al principio eran excusas baratas y de muy vez en cuando pero ahora las excusas venían más seguidas. También les contó que sentía que la culpa era de su marido, una persona, según ella, con gran facilidad de manejo con las palabras y con una habilidad asombrosa para adentrarse en la mente de otros y anularlos por completo. Y esto le preocupaba enormemente porque se acordaba que ella y Carol fueron las que se lo presentaron a Estela y por lo tanto gran parte de esa culpa residía en ellas.

Cuando acabó su relato de los hechos, a alguna de ellas aún les costaba creer que eso fuera cierto y pensaban que Tina exageraba. Por su parte, Carol se acercó a ella y dándole un abrazo le dijo al oído que ellas no hicieron nada malo por Estela puesto que lo que querían era su felicidad.

◆

- '¿Mamá has visto eso?' le dijo Carol a su madre en la cocina mientras preparaban el postre.

- '¿El qué, cariño?'

- 'En el tono en que Mark le ha hablado a mi hermana.'

- '¡Ay, Carol! ¡Qué manera tenemos de sacar las cosas fuera de contexto!'

- '¡Tú siempre igual! ¡Nunca quieres ver las cosas!' le recriminó Carol.

- '¡No te voy a permitir que me hables así!'

- '¿Cuándo vas a abrir los ojos y vas a darte cuenta que tu hija mayor ya no es la que era? ¿Cuándo?'

- '¡Carol, déjalo ya! Yo la veo muy feliz.'

- 'No, mamá. Yo no. Yo llevo observándola mucho tiempo y eso es lo que nos quiere hacer ver.'

- '¡Pero qué tonterías estás diciendo!'

- '¡Escúchame!' le dijo. 'Mira, ¡Ojala me equivoque! Pero lo que papá intuyó hace tiempo era cierto. Esa alegría de mi hermana no es verdadera, es una sábana que cuando se raje la arrastrará a ella. Veo, que está muy influenciada por él y...'

- '¿En qué?' la interrumpió su madre.

- 'En muchas cosas. Por ejemplo, su opinión sobre cualquier tema que habla es anulada por Mark y ella en lugar de rebatirle asiente con la cabeza y le da la razón como reconociendo que ella es la está equivocada y él siempre tiene la razón o la mejor opinión. Segundo, ya no sale mucho con nosotras, sus amigas de toda la vida. Siempre pone cualquier excusa. ¡Mamá, mi hermana se ha quedado ciega! ¡Y no voy a permitir que nadie la separe de mí! ¡Me cueste lo que me cueste, lucharé por ella! ¡Contigo o sin ti, me da igual!'

- 'Carol, en mi opinión lo estás exagerando un poco. No creo que tu hermana tenga una personalidad tan débil como para dejarse manejar por cualquiera, incluido su marido, ya la conoces.' Haciendo una pausa, miró a Carol y continuó, 'y ahora vamos al salón con todos los demás.' Dicho esto, Stephanie se dio media vuelta, dejando a Carol sola en la cocina.

"Tina y papá tenían razón. Mark no es bueno para mi hermana. Hasta le ha cambiado el humor. Ahora no soporta nada de su familia. Salta a la mínima. Tengo que hacer algo," pensaba para sí misma Carol.

Cuando volvieron con el resto de la familia, a pesar de lo que Stephanie le había dicho a su hija Carol no podía apartar la mirada de Mark ni de Estela.

Ese mismo día por la noche algo inaudito sobresaltó a la preciosa Estela mientras dormía; algo que ella conocía profundamente aunque pensó que era un sueño del que se tenía que olvidar.

La oscuridad se apoderó de la habitación volviéndola opaca, prohibiendo el paso de la luz de las estrellas y de las gigantescas farolas de la calle. Una figura con un parecido espectacular a Estela la tocó envolviéndola en una nube negra. Estela, por su parte, no dejaba de moverse intentando escapar de aquella cosa. Era una pesadilla hecha realidad. De repente, sintió un aire tenebroso cerca de su oreja y después unas risas burlonas acompañadas de unas palabras: "¡Estoy aquí! ¡He regresado!"

- '¡Estela! ¡Estela! ¡Despierta!'
- '¿Qué, qué pasa?' respondió sobresaltada.
- 'Estabas dando patadas y puñetazos. Y mírate, estás empapada de sudor.'

Ella agachó la cabeza y se miró el camisón azul de franela que llevaba puesto. Estaba totalmente mojada. A continuación, mirando a Mark se levantó y se cambió el camisón. Después metiéndose de nuevo en la cama y abrazándose a él le dijo que no se preocupara que seguramente había sido una pesadilla. Apoyó la cabeza en el hombro de Mark y volvió a dormirse aunque tenía una sensación extraña que le recorría el cuerpo.

Mientras tanto una sombra acechaba tras la puerta de su habitación con una sonrisa malvada esperando el mejor momento para volver a atacarla.

CAPÍTULO 25

- 'Ya ha pasado un año, Carol, y tu hermana y Mark siguen juntos. Estoy pensando que tal vez nos apresuramos al dar una alarma que hoy en día parece inexistente.'
- 'No lo sé, Tina. No estoy segura del todo.'
- '¿A qué te refieres?'
- 'A que nos apresuráramos.'
- 'A las pruebas me remito, Carol,' insistía Tina.
- 'Sí, todo lo que quieras pero aún sigo pensando en que el tiempo me dará la razón. Ya verás como esa vida que está viviendo explota de un momento a otro,' dijo cogiendo el vaso de coca cola que había en la mesa de la cafetería donde las dos amigas estaban hablando.

Durante un buen rato se dedicaron a beber de sus vasos dirigiéndose miradas la una a la otra. Finalmente, Tina se atrevió a pronunciar unas palabras que jamás hubiera pensado que pudieran salir de su boca.

- 'Carol, olvidemos el asunto y dejémosla que viva como ella prefiera. Al fin y al cabo, cada uno tiene derecho a vivir como quiera y nadie debemos prohibir eso.'

Carol no daba crédito a lo que estaba oyendo puesto que fue Tina la primera que dio la alarma hace un año sobre lo que aparentemente le estaba sucediendo a Estela.

- 'Tina, de verdad que me sorprendes. No comprendo cómo puedes decir tú esto cuando fuiste la primera en…'
- 'Perdona, lo siento mucho. Sin embargo y después de meditarlo bastante he creído conveniente que deberíamos dejarla en paz y los acontecimientos, si en realidad pasa algo, ya vendrán y ya actuaremos cuando corresponda pero por ahora opino lo contrario.'

Al mismo tiempo en otro lado de la ciudad, había una joven que no paraba de llorar. Sus lágrimas hacían que hasta el canto de los pájaros cesase. Sentada en su cama y mirando unas fotos de niña, junto a su abuelo y a su perra, la nostalgia de aquellos años y la energía que apenas tenía provocaban en ella un vacío enorme. Por primera vez desde que empezó su relación con Mark sabía que algo no marchaba bien. No entendía por qué se hallaba en ese estado cuando todo lo que había ansiado lo tenía con ella. Y esa agonía, ese desconocimiento la iban asfixiando lentamente creando en ella dudas que nunca había tenido; dudas sobre su persona, su existencia, su papel en el mundo terrenal. Solo se hacia una pregunta a sí misma "¿por qué ahora?".

La relación en casa no iba muy bien, él estaba consiguiendo ser el amo del mundo de Estela poniéndola en contra de sus padres, alejándola de sus amigas y amigos y arrastrándola a su mundo. Un mundo en el que el hombre es el único ser que tiene la palabra, el único que toma decisiones y en donde la mujer solo existe para servirle en todo lo que desee sin poner ningún tipo de impedimento. De esto, se aprovechaba aquel ser con el que se topó Estela hace muchos años. Para él era perfecto ver a la pobre Estela en ese estado para obtener su energía vital y volverla a introducir en aquel mundo en el que estuvo cuando era una adolescente.

- '¡No!' gritó Carol. '¡Es mi hermana y no dejaré que nadie la aleje de mi!'

- 'Vale, vale pero no me grites. Cálmate,' le dijo Tina y viendo que Carol estaba sacando su móvil del bolso y marcando un número le preguntó figurándose a quien iba a llamar, '¿Qué haces? ¿No estarás llamándola?'

Carol no respondió a la pregunta de Tina. Ella estaba concentrada en marcar el número de su hermana.

- '¡Carol! ¿Me quieres responder por favor?'

- '¿Qué?'

- '¿Qué a quien llamas?'

- '¡Mira que eres pesada cuando quieres!'

- 'No. Soy tu amiga y la de ella. Y te pido que no cometas una estupidez. Deja de atosigarla con tus llamadas. A veces creo que te gustaría que pasara algo grave de verdad. No sé si preocuparme por Estela o por ti.'

- 'Yo estoy genial. Y no es ninguna estupidez el querer saber un poco de tu familia.'

- 'Sabes que no me refiero a eso sino a lo que últimamente estás haciendo.'

Carol seguía a la suya, las palabras de Tina tal como le llegaban se evaporaban. De repente, se levantó cogiendo su bolso y dirigiéndose a la barra le dijo a Tina que se iba a casa. A Tina no le dio tiempo a reaccionar, se quedó sentada pensando en la locura que Carol iba a cometer. Estaba segura que le había mentido y que en lugar de irse a casa iba a ver a su hermana.

Y no se equivocaba. El timbre de la casa de Estela sonó tan fuerte que despertó a Estela de su letargo.

- '¿Qué haces aquí Carol?'

- 'Nada. Pasaba por aquí y he decidido subir a verte,' le dijo sabiendo que le estaba mintiendo.

- '¿Quieres un té?'

- 'Vale.'

Mientras Estela preparaba el té, Carol no dejaba de observarla sin reparar en que Estela se había percatado de ello.

- '¿Te pasa algo, Carol?'

- '¿Por qué lo preguntas?' dijo sorprendida.

- 'No. Es que no dejas de mirarme y de observar cada movimiento que hago.'

Sin saber que decir, se le ocurrió echarse a reír.

- '¿Y ahora? ¿De qué te ríes?'

Carol se encontraba en un callejón sin salida. Solo podía hacer una cosa: hablar con su hermana claramente y contarle lo que ella estaba pensando sobre su situación marital.

- '¡Estoy esperando a tu respuesta!'

- 'Sí perdona estaba pensando en mis cosas,' volvió a mentirle de nuevo. 'sentémonos y hablemos un rato que hace tiempo que no estamos a solas.'

- 'De acuerdo.' Le dijo sin sospechar nada.

- 'A ver, Estela. No sé por dónde empezar para que no te ofendas ni te haga sentirte mal.'

- 'Tanto misterio me pone nerviosa. Habla ya y punto,' le dijo en un tono duro.

- 'Antes que nada quisiera saber porque no llego a comprenderlo de todo, ¿por qué ya no sales con nosotras ni tampoco con la pandilla del pueblo?'

- 'Carol, tienes que entender, y no es muy difícil, que ahora no solo estáis vosotras también están Mark y sus amigos con lo que hay que repartirse.'

- 'No me seas sarcástica,' le contestó Carol. 'Hasta ahí es comprensible pero no lo es tu actitud hacia nosotras, es decir, una cosa es repartirse y otra dejarnos por completo, no querer saber nada de nosotras y volcarte plenamente con otras personas que como aquel, acabas de conocer.'

- 'Bueno, ya soy mayorcita para darte explicaciones de lo que hago o no hago,' le contestó muy enfadada.

- 'No quiero que me des explicaciones. Lo que quiero es que no dejes a tus amigas de toda la vida por una gente que conoces de hace dos días y que te están cambiando tanto hasta el punto de no reunirte ya ni con tu propia familia cuando antes te encantaba.'

- '¡Y yo quiero que me dejéis de agobiar y que me dejéis hacer mi vida!'

- 'Me da igual que te enfades. Sé que has cambiado y si ahora no te das cuenta ya lo harás tarde o temprano y espero que no sea demasiado tarde. No eres la hermana que conocí hace 28 años. Eres otra persona con la que no me apetece entablar ninguna amistad. Así que piensa en lo que te he dicho. ¡Ah! Se me olvidaba, no dejes que nadie te anule porque lo está haciendo.'

- '¡Vete de mi casa! ¡No vuelvas más si vas a venir con la misma historia! ¡Y para que te enteres ahora soy feliz; ahora tengo la vida que quiero; vivo como una reina!' Estela estaba fuera de sí. Ya no eran simples gritos, algo oscuro y maligno se había apoderado de ella porque los ojos se le salían de las órbitas. Y señalando con el dedo invitó a su hermana a que se marchara. Carol no puso ninguna resistencia. Se levantó, se dirigió hacia la puerta principal de la casa y pegando un portazo la cerró tras de sí.

CAPÍTULO 26

La noche anterior a la marcha de Steve, éste le pidió a José que le dejara prestada una de sus canoas para volver a la ciudad. José no tuvo ningún problema en acceder a dicha petición con la única condición que abandonase el poblado al amanecer antes de que la gente se despertara.

A las cinco de la mañana Steve salía de aquel poblado, que lo había acogido, en el más absoluto silencio. Ya en la canoa, remó río abajo hasta llegar a la pequeña ciudad de Palenque, situada dentro de la Selva Lacandona en donde se las ingenió para coger un carro que lo llevara a Tuxtla Gutiérrez. Al llegar allí buscó a uno de sus antiguos compañeros el cual le proporcionó ropa nueva, dinero, armas, documentación nueva e información acerca del hombre que había intentado matarle.

Marcelo, un hombre de unos cuarenta años, una persona que tenía por costumbre no hacer preguntas para evitar crearse problemas, se limitó a ayudarle sin más aunque el tiempo que estuvieron trabajando juntos para Carlos entablaron una estrecha amistad. Sabía que por todas partes de la ciudad había hombres de Carlos espiando así que lo mejor era oír, ver y callar. Tenía que cuidar de su mujer y sus tres hijos y si hablaba los podría poner en peligro de muerte. Por lo que una vez que Steve obtuvo todo lo necesario para su arriesgado y mortal plan, se fue tan rápido como una gacela en busca de su presa.

Marcelo le había dicho que bares y restaurantes solía frecuentar Carlos, a la hora que solía ir y hasta cuantos de sus matones llevaba con él. Steve sabía que tenía que tener calculado todo hasta el más mínimo detalle porque si fallaba algo, él no lo volvería a contar. Así que se alojó cerca de uno de los restaurantes a los que Carlos iba y durante dos semanas estuvo observando cada movimiento que hacía hasta esperar el momento oportuno para mandarle al otro mundo. Solo había dos personas en su mente, su amigo y compañero Kevin que fue asesinado y la inalcanzable

Estela a la que añoraba pero no podía tocar ya que sus mundos eran incompatibles y no estaba dispuesto a dejar todo aquello, a pesar del peligro constante en el que vivía, puesto que era lo único que sabía hacer y, en cierto modo, no le desagradaba. Por todo ello, era consciente que su querida amiga sería para toda la eternidad un amor platónico.

Como consecuencia de tales recuerdos y el cansancio de la espera, su mente titubeó más de una vez sobre su arriesgado plan. No obstante, no tardó mucho en reponerse y centrarse en su objetivo.

Por fin, esa angustiosa espera tuvo sus frutos, la última tarde despúes de dos semanas y de llevar pegado a la ventana de su habitación horas enteras, vio un coche negro aparcando justo enfrente de donde se hospedaba. De él salieron primero dos hombres trajeados y corpulentos con gafas de sol y un tercero con un traje blanco a rayas grises. Ese era su objetivo; ese era Carlos y sin titubear puso el dedo en el gatillo de su rifle, enfocó al objetivo y ¡BANG! Un hombre caía desplomado a plena luz del día. Sus hombres no tuvieron la oportunidad de reaccionar porque desconocían de donde venía el disparo ni tampoco tenían noticias de que su jefe estuviera en el punto de mira de algún enemigo.

Steve no tuvo tiempo de disfrutar de su hazaña. Tan rápido como se instaló hacía dos semanas igualmente se marchó dejándolo todo tan limpio como si hubiese pasado un tornado y hubiera arrastrado todo a su paso. Ahora, que ya estaba en paz, que ya le daba igual lo que le pasara, su siguiente paso era conseguir salir del país y regresar a su ciudad natal. No era muy difícil obtener un billete a Inglaterra con la nueva identidad que tenía. Nadie sospecharía de él porque a quien la policía mejicana buscaba era a un tal Steve Valkon y no a Robert Mason.

Y así fue: cuando llegó al aeropuerto fue directo a la taquilla de las líneas aéreas británicas British Airways. Aparte de su nueva identidad, Steve tenía otras armas que usaba a la perfección y con gran éxito en el sector femenino. Afortunadamente para él, detrás de la taquilla había una altiva y morena azafata con lo que fue una tarea fácil para obtener su billete y abandonar México. Con solo una sonrisa, unas palabras hermosas y dulces, la azafata le extendió un billete con destino a Brighton, Inglaterra mientras le devolvía la sonrisa.

Aunque había eliminado a uno de los delincuentes más importantes de México, no se sentiría totalmente a salvo hasta que no pusiera los pies sobre suelo inglés. Así que mientras esperaba a embarcar, paseaba por las tiendas del aeropuerto mirando aquí y allá vigilando sus espaldas. No se fiaba que los hombres de Carlos se hubieran quedado lamentándose de haber perdido a su jefe sin buscar en el lugar más recóndito a su asesino.

Esa hora escasa esperando a que la gran puerta de hierro se abriera para subir al avión fue la peor de toda su vida. Los nervios los tenía a flor de piel y el sudor cubría toda su camisa y caía por su rostro cada vez más rápido sin que pudiera secarse antes de que cayeran las siguientes gotas. Tal era el estado en el que estaba que no se había percatado de que su nerviosismo estaba alarmando a la gente que había esperando el mismo avión que él. Ya veía a la gente de Carlos en todas partes: los pasajeros, los trabajadores del aeropuerto, los trabajadores de las tiendas, etc., todos ellos, ante sus ojos, tenían la misma constitución, llevaban la misma ropa y las mismas gafas.

- 'Oiga, señor,' le dijo, tocándole el hombro, una de las azafatas encargadas de revisar los billete de avión. 'Oiga, ya vamos a embarcar. ¿Podría darme su billete?'

Steve casi tira al suelo a la pobre azafata al girarse bruscamente para ver el rostro de la persona que le estaba hablando. Y fue en ese momento donde se dio cuenta que por poco echa a perder todo lo que había hecho.

- 'Perdone, señorita, no la había oído,' dijo disimuladamente. '¿Me decía algo?'

- 'No pasa nada. Le pedía el billete para subir ya al avión,' le contestó amablemente.

Steve no tuvo ningún problema en dárselo. Y, en cuanto puso un pie en el túnel que le conducía al avión, esas alucinaciones, esos nervios desaparecieron.

"¡Sí! ¡Por fin! ¡Steve, una nueva vida nos espera al otro lado!," se decía a sí mismo mientras llegaba al final del túnel.

◆

- '¿Qué pasa, Carol? Tu voz tiembla como un terremoto,' dijo Tina.

- 'He ido a ver a mi hermana y me ha echado de su casa porque le he contado lo que pensábamos,' le contó Carol haciendo una pausa y tragando saliva.

Tina se quedó muda por lo que estaba oyendo porque no creía que Estela llegara a ese extremo. Se acordaba de lo que le había dicho a Carol y esa opinión empezaba a distorsionarse.

- 'Carol, tranquilízate. Haremos todo lo que esté en nuestras manos para que Estela vuelva a entrar en razón y no se pierda en ese túnel en el que está,' le dijo Tina.

- 'Pero ¿cómo lo vamos a hacer?' preguntó inquietantemente.

- 'Cálmate, por favor, es cuestión de tiempo y de paciencia. Tenemos que conseguir sutilmente quitarle esa venda que no le deja ver con claridad, pero no directamente porque así lo único que sacaremos es que se aleje definitivamente de nosotras. Por tanto, lo mejor es dejarla, como ella desea, pero siempre estando entre las sombras, ¿me entiendes ahora por donde voy?'

- 'Sí. Vale, Tina, tienes razón. Hagámoslo como dices.'

Cuando acabó de hablar por teléfono con Tina, se fue a casa y se tumbó un rato. No comentó nada con sus padres para no preocuparles por algo que a lo mejor solo eran imaginaciones suyas.

Después de aquella desgraciada visita a casa de Estela, no se volvieron a ver hasta pasado seis meses en la que, esta vez, fue Estela la que le hizo una visita inesperada a Carol.

Carol, estaba en aquel momento tirada en el sofá de su casa viendo la tele y la visita de su hermana la dejó de piedra. Esa tarde sus padres se habían ido de cena con unos amigos.

A Estela se la veía pálida y muy demacrada. No hacía falta que dijera nada para que Carol viera que algo le pasaba a su hermana, a su alma gemela. Cuando las dos estaban sentadas en el sofá, Estela le pidió perdón por como la había tratado y le contó que se sentía ahogada, que no podía hacer nada sin que antes Mark lo aprobara. Se sentía observada en todo momento por él y no le empezó a dar ninguna importancia hasta hacía un mes escaso en que, estando en una boda de unos amigos, ella estaba hablando con un hombre y cuando Mark la vio, fue a ella, la cogió del brazo y se la llevó a casa. Carol no podía comprender como Estela ante ese suceso no se había separado de él o le había puesto las cosas claras. Desde luego, estaba irreconocible. En otro tiempo, nunca hubiera dejado que nadie la tratara de ese modo y jamás hubiera consentido ser prisionera de nadie. Y, sin embargo, allí estaba delante de ella, como una muñeca de cristal apuntó de quebrarse, sin energía, contándole que quería seguir con él.

Carol tampoco comprendía para que había ido porque para decirle eso, se lo podía haber dicho por teléfono. No sabía que debía contestar para no hacerle daño.

- 'Estela, ¿me permites que te diga una cosa?' le preguntó finalmente Carol.

- 'Sí, claro. Si he venido aquí es para ver lo que te parecía a ti.'

- 'Pues entonces te diré que si crees que buscando ayuda profesional salvarás tu vida, tu matrimonio y volverás a sentirte feliz, adelante.'

- '¡Carol! Quiero tu opinión, por favor, sé franca. Lo necesito.'

- 'Ya te lo he dicho. Hazlo si crees que es lo mejor. Te lo digo en serio.'

- '¿Y si me equivoco?'

- 'Si no lo intentas nunca sabrás lo que podía haber ocurrido.'

- 'Gracias, Carol. Me has sido de gran ayuda,' le dijo Estela y mirando el reloj le dio un beso y se fue corriendo.

◆

El reloj de la vida pasa tan deprisa que no da tiempo a detenerse y recuperar lo perdido.

- 'Esto va tan lento que cuando queramos darnos cuenta será tarde,' le comentaba Carol a Tina.

- 'No lo creo. Ha pasado un año ya desde que Estela está recibiendo esa ayuda externa y aunque todavía sus ojos no ven perfectamente, solo queda una pequeña parte muy fina de esa venda. Míralo así, Carol,' le decía Tina.

- 'Lo siento no lo veo. Sé que está más calmada, que ya no se enfada tanto conmigo ni con mis padres cada vez que vienen a comer. Aún así la observo cuando puedo y lo que veo no me gusta para nada.'

- 'De verdad, Carol, a veces pienso que exageras mucho. Ahora ¿qué pasa?'

- 'Me da mucha rabia que ya no venga con nosotras, que tenga otra vida aparte, que ya no nos contemos secretos y demás. ¡Él la ha alejado de todo esto!'

- 'Carol, te lo dije hace tiempo y te lo vuelvo a repetir. Estela tiene todo el derecho del mundo a hacer la vida que quiera y ten claro una cosa: no tiene por qué dar explicaciones de nada ni a nadie. Es mayor de edad y a ti tampoco te gustaría que te dijeran lo que tienes que hacer o no, ¿verdad?'

- 'Sí pero el caso de Estela es diferente.'

- 'No, no lo es. Y dejemos este asunto ya y vayámonos a donde hemos quedado con las demás. Va, anímate,' le dijo dándole un pequeño empujón.

- 'A veces pienso que el psicólogo no me está sirviendo de nada. Ojala pudiera ver a algunos viejos amigos,' se decía a sí misma mientras observaba a Mark como dormía y su subconsciente le traía la imagen de alguien que jamás podría olvidar.

Como no podía conciliar el sueño, se fue al salón y encendió la tele. Allí en aquel sofá anaranjado se puso a llorar desconsoladamente. No entendía muy bien porque se sentía tan mal, porque no le apetecía sonreír y porque no se sentía feliz si no le faltaba de nada. Y, como un rayo caído del cielo, algo se presentó ante ella haciéndola adentrarse en aquel mundo en el que estuvo de joven. Una vez dentro, su tristeza, sus pensamientos oscuros ya no estaban. Sentía paz y tranquilidad. Se sentía relajada y alegre. Y así se durmió.

Las cosas no suceden por casualidad, suceden siempre por una razón, por un motivo. En el caso de Estela, ella volvió a darle vida a ese lugar inexistente para los demás porque su ser estaba de nuevo en lucha. Y cuando eso pasaba, Estela se convertía en una mujer insegura, sin poder de decisión y en plena batalla: ¿a quién debía hacer caso: a la Estela angelical, bondadosa, permisiva o a la Estela luchadora, rebelde y con carácter?

A la mañana siguiente, nada más despertarse llamó a Mark, que estaba trabajando, y quedó con él para comer. Ni Mark ni nadie se le hubiera ocurrido pensar para que había quedado con su marido. Cualquiera hubiera pensado en otra solución antes que en la que tomó Estela.

- 'Hola, cariño, ¿para qué me has citado con tanta urgencia?' le preguntó Mark tan normal como siempre y sin pensar en que algo iba mal entre ellos.

- 'He tomado una decisión,' empezó a decirle mientras el rostro de Mark cambiaba por segundos, 'Ya sé lo que nos hace falta para llenar nuestras vidas,' se detuvo y siguió, 'un hijo. ¿Qué te parece?'

Mark se quedó petrificado como una estatua cuando oyó esas cuatro letras. Estela lo miraba esperando una respuesta sin obtenerla.

- '¡Pero bueno! ¿Me has escuchado?'
- 'Sí, sí,' contestó.
- '¿Y bien?'
- 'Me has cogido desnudo. No sé, Estela. ¿Tú estás segura? Cambiará todo por completo.'
- 'Sí, lo estoy. Quiero tener un hijo y volverme a sentir plena otra vez.'

Estela estaba convencida que ese hijo haría que Mark fuera un hombre amable, comprensivo y haría que ella volviera a existir de nuevo.

- 'Bueno, pero podrías haber esperado a que llegara a casa. Tenía una comida con los compañeros y....'

- 'Lo siento,' dijo ella agachando la cabeza y sintiendo que había vuelto a equivocarse y que su vida continuaba apagándose. Le cogió de la mano y él se la quitó enseguida.

- '¡No vuelvas a hacerlo! ¡Creía que había pasado una desgracia!' Se levantó y se marchó.

Estela no pudo replicarle, no tuvo tiempo. Sin embargo, no pensó en ello sino en ese bebé que volvería a hacerla visible.

◆

El pueblo seguía igual que siempre, con sus mismas costumbres y rutinas. Nada había cambiado. Sus calles adoquinadas y en pendiente lo hacían altivo como un guardián custodiando su fortaleza.

El hostal también seguía allí, con el entrar y salir de los huéspedes y gentes que iban a tomar una copa o en busca de un plato caliente.

Cuando Steve abrió la puerta del hostal, su madre que estaba tras la barra del bar creyó ver a un fantasma y cayó al suelo desplomada a causa del impacto. Steve fue corriendo hacia ella, le levantó la cabeza y le dio un poco de agua. Pasados unos minutos, la señora Valkon despertó y le miró a la cara. Sin decir nada se levantó por sí sola y se marchó. Steve la siguió, sabía que su madre estaba enfadada por hacerle pasar por aquel infierno y sabía que se merecía una explicación del por qué se dio por muerto.

- 'Mamá, lo siento,' empezó a decir Steve, 'pero no tuve otra salida. Tenía que irme tan lejos como pudiera para no perjudicar a nadie. Todos los que están junto a mí acaban muertos o les sucede algo terrible. Y yo no quería eso para nadie.'

- '¿En qué lio te metiste, Steve? ¿Tan grave era como para no contar con tu familia y ayudarte? ¿Dónde has estado todos estos años?'

- 'No puedo contarte mamá. Solo confía en mí. Sé que no es fácil después de todo pero ahora las cosas van a ser distintas, te lo prometo.'

- 'No quiero promesas. Lo único que quiero es ver que mis hijos son gente buena y trabajadora y que la vida les sonríe.'

Steve se quedó sin palabras y asintió con la cabeza en un gesto de aseveración. Después le dio un beso en la mejilla.

- 'Me voy a dar una ducha. Creo que la necesito.'

- 'Y también necesitas un corte de pelo y un buen afeitado. ¡Hijo mío, que desaliñado que estás!'

En ese momento entraron en el hostal sus amigos de toda la vida. Margaret fue a atenderles. Intentaba aparentar la mujer de siempre: serena, alegre, amable pero ellos se dieron cuenta que algo le pasaba porque por mucho que intentara disimular no podía esconder la tristeza que se reflejaba en sus ojos negros ni tampoco su sonrisa fingida.

- '¿Le pasa algo, señora Valkon? Hoy parece distinta.'

- 'No, Paul, tranquilo,' le contestó melancólicamente y sin mirarle a los ojos.

Margaret quería contárselo a Paul pero no sabía por dónde empezar ni como decírselo. Tampoco hizo falta que pensara mucho puesto que el mismo Steve que estaba bajando las escaleras podría contárselo detenidamente.

Kim, Michael y Paul se quedaron con la boca abierta al verle aparecer. Les pasó lo mismo que a la señora Valkon pero éstos no se desmayaron. Simplemente se quedaron paralizados como si les hubieran disparado un dardo que les impidiera moverse. Y fue Steve, ante una situación tan surrealista como era aquella, el primero en hablar.

- '¿Qué tal chicos? Me alegro de veros como siempre. Parece que el tiempo no haya pasado aquí.'

- 'Vámonos,' les dijo Paul a los otros dos. 'La compañía no es grata.'

- '¡Eh! ¡Esperad un momento!' les gritó saliendo corriendo por la puerta del hostal.

- 'Sabes, Steve, tienes muy poca vergüenza de presentarte aquí de nuevo como si nada hubiera pasado,' le dijo Paul muy cabreado.

- 'Sé que os debo una explicación pero igual que le he dicho a mi madre cuanto menos sepáis mejor. Solo puedo deciros que siento mucho haberme ido como me fui y lo que conllevó después.'

- '¡Mira! ¡Nos hiciste creer que estabas muerto! Y eso es una broma muy pesada. Podías haber puesto otra excusa.'

- 'Sí lo sé pero no tuve más remedio. Tú mejor que nadie lo sabes. Tenía que irme como fuera. Iban a por mí. Paul, entiéndelo, por favor.'

Paul le miró fijamente y le preguntó con incredulidad, '¿Y ahora todo es distinto?'

- 'Sí. Ahora todo ha cambiado y por ello he regresado. Voy a empezar una nueva vida. Todo aquello es el pasado y así será eternamente.'

- 'Eso espero porque si nos las vuelves a gastar de nuevo, olvídate de tus amigos y creo que hablo por los tres.'

- 'Bueno, vale, Paul,' le dijo Kim. 'Démosle un voto de confianza y ahora vayamos a tomarnos algo que su regreso lo merece.'

Paul no puso ninguna objeción en la propuesta de Kim y los cuatro mosqueteros, como les llamaba la gente, subían juntos, uno al lado del otro, en dirección al bar.

Durante el corto trayecto del hostal al bar, Steve les preguntó cómo les iba, si seguían en el mismo trabajo, si venía la misma gente, etc.

Los tres amigos le contestaron al unísono, '¡Ella no está aquí!'

- 'No he preguntado por ella, chicos. No sé a qué viene esa respuesta.'

- 'Steve, te conocemos lo bastante para saber qué quieres te informemos sobre ella y como le va la vida.'

- 'Yo, yo....' Empezó a titubear Steve.

- '¡Venga ya!' le dijo Michael. 'Se te nota a tres mil leguas'

- 'Steve, no tienes ningún derecho sobre ella. Te recuerdo que lo perdiste hace, hace mucho tiempo,' le contestó Paul.

- 'Sí, soy consciente pero....'

- 'Bueno, te diré que está felizmente casada con aquel novio que trajo al pueblo y que se ha olvidado por completo de ti. Tú eres su pasado y para ella está muerto.'

- '¡Eso es imposible!' dijo Steve enfadado.

- 'No, no lo es. Tú la abandonaste como a todos nosotros y, ¿qué creías que te iba a estar esperando toda la vida? ¡Qué iluso llegas a ser cuando quieres!'

- 'No me hables en ese tono, Paul. Sé que he cometido muchos errores en mi vida pero corregirlos es de sabios, ¿no?'

- 'Sí pero para algunas cosas ya es demasiado tarde. Te conozco y ni por asomo se te ocurra acercarte a ella. Mantente lejos de Estela y no le vuelvas a romper el corazón. Deja que sea feliz con su marido. Déjala en paz, te lo ruego,' le dijo Paul seriamente.

- 'Siento estar en desacuerdo contigo. Si la veo iré a saludarla y a pedirle perdón por todo el daño que le he causado. Quiero volver a ser su amigo, por lo menos eso.'

Michael, que era el más callado de los cuatro, saltó, 'Como bien sabes, yo no me meto en tus asuntos pero Paul tiene razón. Ella ha aprendido a vivir sin ti y no le ha salido muy fácil, te lo aseguro. Si ahora vuelves a su vida, ¿Estás seguro que será lo mismo y no le volverás a hacerle daño? Yo no lo creo. Tú mismo.'

Steve se quedó pensativo por las palabras tan duras de sus amigos pero no volvieron a hablar de aquel tema tabú. Se dedicaron a tomar sus cervezas matinales y a disfrutar de la compañía mutuamente.

♦

Estela reunió a toda su familia un domingo porque tenía una noticia que darles. Ni sus padres ni su hermana tenían la misma mínima idea de que se trataba. Todos estaban intrigados y pensaban en que a lo mejor les había tocado la lotería o que había conseguido un trabajo bien pagado pero ni por asomo se imaginaban que iban a ser abuelos ni tía.

Cuando llegaron a casa de Estela, ésta les hizo pasar al salón donde tenían preparado un gran banquete. En la mesa alargada de roble que Estela tenía en medio del salón había toda clase de comida exquisita, desde caviar hasta bogavante con un centro de flores blancas que adornaban la mesa. Les hizo sentarse y una vez estuvieron todos en sus asientos, expectantes por ver lo que les tenía que contar Estela, ella se levantó de su silla.

- 'Bien, os he querido reunir a todos hoy aquí en mi casa porque Mark y yo tenemos algo importante que comunicaros,' se detuvo observándoles y luego continuo, 'dentro de nueve meses vais a ser abuelos y tía, claro está.'

Sus padres saltaron de alegría y levantándose de sus sillas fueron corriendo a darle un enorme abrazo, incluso alguna lágrima se dejaba vislumbrar.

Carol también se puso muy contenta, iba a ser tía por primera vez pero ella también tenía una noticia que darle y no sabía lo que hacer. Después de comer, charlaron un rato sobre el futuro bebé, sobre sus planes ahora que iban a ser tres y demás cosas. La única persona que faltaba en aquella mesa era su amada abuela, que estaba pasando unos días en el pueblo. Estela no quería decírselo por teléfono, prefería ir a verla y decírselo en persona. Así se lo hizo saber a su familia y a Mark. Mark, por su parte, no puso ningún impedimento, al contrario le pareció correcta la decisión de su mujer al igual que a sus padres.

Una de las veces en que Estela se fue a la cocina, su hermana la siguió y allí, a solas, le preguntó por su estado. Estela la miró cariñosamente y dándole un beso le dijo a Carol que estaba más feliz que nunca. Carol no insistió más en ello y le devolvió el beso.

- '¿Cuándo se lo vas a decir a las amigas?' quiso saber Carol.
- 'Esta semana que viene. Prepararé algo en casa y se lo diré a todas.'
- 'Entonces no le digo nada a Tina cuando la vea.'
- '¡Ni se te ocurra! ¡Tiene que ser una sorpresa!'
- 'Vale, vale,' le contestó Carol.

- 'No te lo he dicho para que te enfades. Es que me gustaría que lo supieran por mí.' Le dijo dulcemente a su hermana. Al mismo tiempo veía que Carol quería contarle algo más por la expresión de su rostro parecía preocupada o en otro mundo. '¿Y a ti que te pasa? Te noto preocupada. ¿No se lo vas a contar a tu hermana mayor?'

- 'No nada, cosas mías,' le contestó Carol.

- 'Bueno, si te puedo ayudar en algo, aquí estoy. Así que desembucha.'

- '¿Por qué no lo dejamos para otro día y seguimos con esta estupenda tarde que estamos pasando todos juntos después de tanto tiempo?'

- 'No va a cambiar nada mi felicidad. No hagas que sea pesada contigo porque lo seré hasta que me lo cuentes.'

Carol viendo que su hermana no dejaba de insistir, decidió que lo mejor era contárselo.

- 'Antes, prométeme que no cambiarás de humor, que esa felicidad que te inunda seguirá ahí cuando oigas lo que te tengo que contar.'

- '¡Qué sí!' le dijo impacientemente.

- 'Creo que lo mejor es que esperes a que la abuela regrese del pueblo para darle la noticia de tu embarazo,' empezó a decirle Carol.

- 'No entiendo, Carol, ¿por qué me dices eso? ¿Por qué no puedo ir y contárselo ya?'

- 'Verás la abuela no tardará en venir y te da lo mismo esperar una semana más.'

- '¡Estoy empezando a hartarme! Sé que hay algo más. ¡Dímelo ya!'

- 'Siéntate en este taburete.'

- 'Estoy bien. No necesito sentarme en ningún sitio. Empieza a hablar.'

- 'X ha regresado,' dijo en voz baja.

- '¡Carol! ¡Habla claro o chillaré!'

- 'Está bien, está bien. Steve ha regresado y por eso te digo que no vayas al pueblo.' Carol estaba asustada por la posible reacción de Estela.

- '¿Eso es todo lo que me tenías que contar? Volvamos con los demás.'

Para sorpresa de Carol, Estela no reaccionó de ninguna forma, era como si con ella no fuera. Se quedó realmente sorprendida por la insignificancia de su hermana.

Después de aquella pequeña conversación entre las dos hermanas, el resto de la velada se desarrolló con total normalidad.

Ya, en casa, Estela le comentó a su marido que no le apetecía mucho ir al pueblo debido al estado en el que se encontraba ya que tenía mareos. No era del todo verdad pero Mark no le preguntó porque había cambiado de parecer. Así que Estela esperó a que su abuela regresara del pueblo para darle la buena noticia de su embarazo. Era cierto que no le apetecía ir al pueblo pero no por su salud sino por lo que le había dicho su hermana aquella tarde. No quería volver a encontrarse con su pasado ya que sabía que si lo hacía todo lo que había construido de un tiempo ahora se vendría abajo. Sus sentimientos hacia aquella persona no estaban olvidados sino dormidos y no quería provocar que volvieran a resurgir.

◆

- 'Steve, tengo trabajo para ti si lo quieres,' le dijo un hombre vecino del pueblo. Este hombre, llamado Ryan, tenía una empresa de construcción y necesitaba urgentemente albañiles para el complejo de apartamentos que estaba construyendo a las afueras del pueblo.
- 'Sí, sí, claro,' le contestó Steve. '¿Cuándo empiezo?'
- 'Mañana mismo, a las ocho,' dijo Ryan. '¿Tienes alguna duda? ¿Alguna pregunta que quieras hacerme?'
- 'Bueno, sí,' titubeó Steve. '¿Me podrías decir cuánto más o menos voy a cobrar?'
- 'Unas 1500 libras,' contestó Ryan. '¿Te parece bien?'
- 'Sí, sí, sin ningún problema. Simplemente era por saberlo,' le dijo Steve.
- 'Bien, pues solo me queda comentarte que te pases esta tarde por la oficina y recoges las botas y la ropa de trabajo, ¿de acuerdo?'
- 'De acuerdo,' le dijo con una sonrisa en su rostro que era imposible de esconder. Estaba contento porque había conseguido un trabajo decente y eso era el punto de partida para comenzar una nueva vida lejos de la que había llevado últimamente. Sin embargo, aún seguía durmiendo con un revolver bajo su almohada. No confiaba en que la gente de Carlos se hubiera olvidado del asunto tan fácilmente. Los conocía e intuía que no pararían hasta encontrar al que le mató. Mientras tanto procuraría ser una persona normal y que nadie sospechara nada ni tan siquiera su familia pero había algo que le atormentaba enormemente y no le dejaba descansar. Se había dado cuenta que había desperdiciado su vida y había dejado escapar a la persona que más quería solo por pensar en él y en nadie más. También era consciente que jamás la volvería a tener entre sus brazos ni cerca de él. Y eso era lo que le estaba atormentando. '¡Qué estúpido he sido! ¡Si pudiera dar marcha atrás lo haría!' se decía a sí mismo con lágrimas en los ojos.

CAPÍTULO 27

Dicen que la estación más bonita del año es el verano donde los seres de la naturaleza se vuelven los reyes del planeta dejando ver sus hermosos y fascinantes poderes; donde la reina de la noche combate con todas sus fuerzas contra el rey del día para hacerse un hueco en el inmenso cielo.

En el mundo de Estela el verano era tétrico, desgarrador, daba rienda suelta a las sombras del pasado, sombras que se movían de un lado para otro con plena de libertad de hacer lo que quisieran, no tenían leyes ni jueces que las juzgaran por sus actos. Y Estela se hallaba en medio de aquel caos sin saber qué dirección tomar.

A Mark se le había ocurrido la genial idea de que Estela pasara los dos meses de verano en la granja de su abuela. La idea no era mala porque en Brighton el sol calentaba a todas horas y Estela, a causa de su embarazo, no podía descansar. Sin embargo, la cara de Estela palideció repentinamente cuando escuchó la sugerencia de su marido. Ella prefería quedarse en su casa, a pesar del agobiante calor, que incluso a veces provocaba que el oxigeno no llegara a las vías respiratorias. Solo la idea de estar cerca del pasado, la hacía enfermar provocándole, a veces, fiebre muy alta. No obstante parecía que su opinión no se pudiera escuchar ni tan siquiera como un susurro puesto que su familia también pensaba lo mismo que Mark, que allí podría descansar y relajarse. Ella no podía enfrentarse a una jauría de lobos con lo que aceptó la sugerencia tan nefasta de su marido y sin replicar preparó el equipaje y se fue a la granja. Allí la esperaba su abuela, que había regresado de nuevo tras pasar unos días en Brighton.

Mark, debido a su trabajo, no podía quedarse con ella pero le prometió que iría a verla todos los fines de semana. Él se ganaba la vida como gerente de una empresa de publicidad.

Estela recordaba aquellos años en que le encantaba pasar más tiempo en aquella granja repleta de animales que en la ciudad; recordaba que nada la acechaba, que todo lo que le rodeaba era dicha y felicidad. Ahora, parte de sus recuerdos se habían desvanecido dejando una puerta abierta a la poderosa desdicha e ira pero el ser que llevaba en sus entrañas luchaba por ella e impedía que una y otra vez su madre entrara definitivamente por aquella puerta oscura.

Ese bebé la mantenía viva y le hacía ver las cosas bonitas de las que aún podía disfrutar y como mantenerse alejada de todo aquello que la atormentaba. Gracias a su encarnizada lucha, Estela aún emanaba luz.

- 'Cariño, ¿te apetece acompañarme a la aldea?' le preguntó una mañana su abuela.

- 'No, creo que me quedaré aquí,' le contestó Estela.

- 'Pero, Estela,' le replicó su abuela, 'no has salido de la granja desde que llegaste. Un poco de aire fresco te hará bien.'

- 'Abuela, de verdad, prefiero quedarme. Aquí ya tengo lo que necesito,' volvió a insistir Estela.

Su abuela no insistió más y se marchó a la aldea. Mientras la veía alejarse por el horizonte, Estela sacó una hamaca del interior de la casa y la puso bajo las enormes hojas de un árbol que llevaba años viviendo junto a la granja. Después, se sentó, cerró los ojos y con el dulce respirar de la madre naturaleza se durmió.

Allí bajo ese árbol dormía la dulce Estela sin darse cuenta que pronto su sueño sería interrumpido bruscamente. Justo media hora después, el ruido escandaloso de un motor la despertó. Era una vieja furgoneta que se había detenido delante de la granja. Estela se levantó de su apacible sueño y fue a ver quien había sido la persona o personas que la habían sobresaltado de esa forma tan inoportuna. Cuando estuvo cerca de la furgoneta, el sobresalto aún fue mayor. En aquel instante, un hombre alto, corpulento, y algo desaliñado bajaba de la furgoneta en dirección a donde estaba ella.

- '¡Tú!' gritó.

- '¡Estela!'

Para ambos fue un duro golpe el volverse a ver después de tanto tiempo. Las heridas que ya estaban casi cerradas y cicatrizadas, se abrían de nuevo. En realidad, Steve no sabía que Estela estaba en la granja. A él le habían mandado allí para arreglar el granero y hacerlo nuevo sin tener conocimiento de la presencia de la que fue una vez su amiga.

- '¡Vete, Steve!'

- '¡Estela, por favor!' Le dijo agarrándola del brazo.

- '¡Déjame! ¡Vas a hacerle daño a mi bebé!'

- '¡Oh!' dijo sorprendido. 'No sabía que estabas embarazada. No me había dado cuenta.'

- 'No me sorprende,' le contestó rabiosa Estela. 'Siempre has ido a la tuya sin pensar en el daño que les haces a los que están junto a ti.'

- 'Eres muy injusta,' le contestó Steve.

- '¡Qué! ¡Esto es el colmo! Te recuerdo que me abandonaste, que te fuiste sin más y ahora pretendes que todo siga igual que antes de convertirte en un monstruo que arrasa todo a su paso. Mira, Steve, si has venido hasta aquí por trabajo, te pido que lo hagas y que te vayas tan pronto como sea posible,' le dijo rotundamente dándose media vuelta y volviendo a su hamaca.

Steve sabía que Estela tenía razón pero no podía explicarle el motivo de su huida si quería mantenerla a salvo. Así que, regreso a la furgoneta, cogió las herramientas necesarias y se puso a reformar el granero.

Cuando la abuela regresó de la aldea aún estaba Steve trabajando en el granero.

- 'Estela, ya estoy aquí, ¿me quieres ayudar con la compra?' La abuela al ver la furgoneta supuso que había alguien trabajando ya en su granero por lo que se acercó y saludó a Steve. Éste, a su vez, le devolvió tan grato saludo.

- 'Por supuesto abuela,' le contestó amablemente.

A Steve le resultaba muy difícil concentrarse en su trabajo al tener ante él a la mujer que tanto quiso y que seguía queriendo, a pesar de todo. Y lo que más le dolía era que ella pensara que él era un irresponsable, un egoísta y una persona "non grata".

Mientras en el interior de la casa, Estela esperaba el momento oportuno para recriminarle a su abuela que no le hubiera avisado de que iba a venir alguien, y en concreto Steve, a reformar el granero.

- 'Estela, mi amor,' comenzó a decirle su abuela, 'siento haberme olvidado de avisarte pero no creía que te iba a molestar tanto.'

- 'No, no, que va, es que... es que estaba durmiendo y me ha despertado,' le dijo intentando disimular su malestar y algo más que estaba empezando a resurgir de las profundidades de su corazón.

- 'Está bien,' le dijo mientras preparaba un plato con tortitas y cogía una cerveza de la nevera.

- '¿A dónde vas con eso?'

- 'Es para Steve. Supongo que tendrá un poco de hambre y sed después de estar trabajando toda la mañana sin descanso.'

- 'Abuela, espera,' le dijo Estela inesperadamente. 'Dámelo ya se lo doy yo.'

Viendo que Steve estaría durante las siguientes dos semanas trabajando en el granero de su abuela, y que lo tendría que ver a todas horas, Estela dejó de ser ruda con él y las pocas palabras que le dirigía eran amables y educadas. Parecía como si esa parte de su pasado se hubiera borrado, nunca hubiera existido y allí ante ella tuviera a un apuesto joven que la hacía reír y volver a vivir.

La pobre abuela sonreía al ver el cambio que se había producido en su nieta. Desde que llegó se había refugiado en un mundo imposible de destruir pero ahora volvía a brillar, como la niña pequeña que hace años revoloteaba por los alrededores. Era como volver a aquella época maravillosa en la que la tristeza, la ira y la destrucción no tenían cavidad. Lo que desconocía la adorable Rose era la lucha encarnizada y continua que su nieta llevaba combatiendo desde casi el principio de su existencia. Ese 'alter ego', que únicamente conocía Estela, formaba parte de su ser y su destrucción estaba en sus manos; solo ella podría acabar con él.

Llegó el fin de semana y con él vino la lluvia, el cielo encapotado, y el granizo. Eran las cinco de la tarde de un viernes bastante lluvioso y la bocina de un coche azul celeste invadió el silencio de la granja. Era Mark, como le había prometido a Estela iba a pasar con ella el fin de semana. Al oír la bocina, Estela y Rose salieron a ver quién era. La cara de sorpresa de Estela al ver a Mark, le provocó un sentimiento extraño. En aquel instante, Steve salía del granero, dispuesto a marcharse hasta el lunes siguiente, pero cuando vio a Mark un fuego interno empezaba a encenderse a punto de explotar. Sin embargo, se despidió de Rose y de Estela y cabizbajo se marchó hacia la furgoneta.

Por su parte, Mark también estaba molesto. No le hacía ni pizca de gracia que hubiera un hombre joven trabajando en la granja. Temía que le pudiera robar a su mujer. Esos celos enfermizos de Mark provocarían un caos tan enorme que ni tan siquiera él podría ser capaz de detener. Mark encolerizó y en lugar de darle un beso a Estela, la miró fijamente con unos ojos rojos que se salían de sus órbitas. Rose pudo apreciar semejante reacción y quiso apaciguar el asunto haciéndoles pasar a casa.

◆

- '¿Qué te pasa Steve? Por tu mirada es como si hubieses visto un fantasma,' le comentó Paul en la puerta del bar.

- 'Créeme lo he visto,' dijo sin aliento Steve.

Ante la absurda respuesta de su amigo, Paul dejaba esbozar una leve risa a la que Steve respondió con el nombre de Estela.

- 'No sé lo que decirte. No sabía nada de su llegada,' le dijo lentamente Paul.

- 'No es culpa tuya. Nadie tiene porque avisarme de nada. El pasado tiene que estar enterrado bajo tierra y así será,' le contestó Steve no muy convencido de las palabras que habían salido de su garganta.

- 'Por primera vez en mucho tiempo estoy de acuerdo contigo: el pasado no se debe alterar sino que hay que dejarlo descansar en paz,' le dijo dándole una palmadita de satisfacción en la espalda.

◆

Una vez la mesa estuvo recogida y los platos y cubiertos fregados y colocados en sus respectivos lugares, Estela salió a respirar un poco de aire fresco y admirar el cielo estrellado. La soledad le agradaba, era su eterna compañera, en ella se sentía segura y tranquila pero, una vez más, no le fue posible disfrutar de lo que más ansiaba en aquellos momentos. Mark la siguió. Al verle, Estela se echó a un lado del banco de piedra que había vigilando la granja y le dejó un sitio para sentarse.

A pesar de la presencia de Mark, Estela continuaba mirando las estrellas como si del oráculo se tratara y esperara una respuesta de ellas que la guiara por la pendiente de la vida. De pronto sintió un escalofrío recorriendo todo su cuerpo. Era Mark que la había rodeado con su brazo. Ella no entendía por qué había tenido tan extraña sensación cuando la persona que estaba a su lado era su marido, con el que se tenía que sentir protegida. Sin embargo Mark no parecía ese monstruo que suele ser en algunas ocasiones, ahora era más bien un chico dulce y encantador que se preocupaba por su amada esposa. Mark padecía la enfermedad del 'Dr. Jenkins y Mr. Hyde'.

- 'Estela, siento haberte gritado antes, no era mi intención,' le dijo cariñosamente.

- 'No pasa nada, Mark. Yo ya no me acordaba,' le contestó.

Mark tenía el don de la persuasión. Había conseguido con sus cariñosas palabras que Estela no se enfadara con él e incluso había logrado que ella siempre fuera hacia donde él le marcaba. Realmente, Mark pensaba que actuaba correctamente, de algún modo no era consciente de lo que le hacía a las personas ya que ese veneno formaba parte de él desde el día en que nació.

Mientras seguían admirando las estrellas del universo, Mark le sugirió volver con él, esperando de corazón que la respuesta fuera un SÍ. La miraba esperando que dijera alguna cosa pero ella seguía sumergida en ese mundo estrellado e inmenso. Unos segundos después, y sin quitar la vista a las estrellas, le contestó dándole una rotunda negativa. La cara de Mark era un poema, no esperaba semejante respuesta.

- '¿Por qué?' le preguntó desconcertado y enfadado.

- 'Me apetece quedarme aquí, con mi abuela,' le respondió tranquilamente.

A pesar de la insistencia de Mark, esta vez no se salió con la suya. Estela prefería aquel paisaje a la polución de la ciudad y ni tan siquiera él que, hasta aquel momento, había conseguido llevarla por donde él quería y sin que ella le replicara, obtuvo resultado alguno. Todo lo que intentó durante el fin de semana fue en vano. Por lo que cuando llegó el domingo y viendo la persistencia de Estela por quedarse en aquel lugar, se despidió de ella y de Rose y se marchó rumbo a Brighton. Mientras conducía pensaba que tal vez era lo mejor para su mujer, no por ella sino por el hijo que iban a tener.

Los días sucesivos todo transcurrió con plena normalidad, Estela ayudaba a su abuela en las tareas de la granja, en la medida en que ella podía ya que su embarazo era considerable y por otra parte su abuela estaba feliz de tenerla a su lado de nuevo. Mark siguió visitándola todos los fines de semana y regresaba a la ciudad solo como la primera vez. Y en cuanto a Steve, era insignificante para ella por lo que desde que hablaron a su llegada no volvieron a cruzar palabra alguna. No obstante, nada hacía prever lo que le esperaba a la pobre Estela una vez regresara a Brighton.

◆

- 'Bueno, abuela, los pájaros están empezando a emigrar y el sol quiere descansar pero han sido unos meses muy bonitos donde los recuerdos más bellos han vuelto a la vida.'

- '¡Ay, cariño!' exclamó Rose abrazando a su nieta.

- 'No te pongas triste porque dentro de poco una 'cosa pequeñita' hará que todo lo maravilloso que emana de este lugar perdure décadas y décadas.'

- 'Tienes razón, corazón,' dijo con una sonrisa.

- 'Tal vez sea eso lo que falte para dotar a las flores, a los insectos, a los árboles, a los animales y a toda criatura viviente de por aquí de un resplandor cegador.'

Rose que estaba empezando a sentir melancolía por todo lo que su nieta estaba diciendo, cambio de tema y se fue a terminar de hacer las maletas para regresar con su nieta a Brighton.

◆

- 'Como le digo a mi hermana lo que le sucede a papá,' pensaba Carol.

Mientras Estela y Rose estaban disfrutando sus últimas horas de la naturaleza, en casa de los Clayton un huracán había arrasado con la vida que allí se había respirado hasta hace poco tiempo.

Unas semanas antes de que el verano dejara de existir, David se hizo un control médico específico por su edad. Tenía ya más de 50 años y le tocaba hacerse el control rutinario de siempre junto con uno específico, denominado PSA. Se trataba de una prueba mediante la extracción de sangre en la que se detecta si la próstata ha generado esa sustancia o no. Por desgracia a David la sustancia bajo el nombre de antígeno prostático específico le salió bastante alta. Eso no era muy buena señal y después de confirmarlo con médicos especialistas en el tema, supo que tenía una de las enfermedades más mortíferas del planeta, cáncer.

Todo su mundo se vino abajo en el instante de la fatal noticia. Él sabía que no había nada que se pudiera hacer por recuperarse, el virus se había extendido y solo era cuestión de tiempo el que durara más o menos. Enseguida, le pusieron un tratamiento para que la enfermedad se estancara y no fuera a más. Ý era él el que animaba a su mujer y a su hija pequeña, Carol.

Carol y Stephanie en presencia de David también intentaban llevarlo lo mejor que podían para que él no las viera tristes por lo que inevitablemente se avecinaba. Sin embargo, cuando se quedaban a solas, juntas o por separado, no podían dejar de llorar, de lamentarse y de preguntarse por qué a él, una persona fuerte, enérgica y relativamente joven. A veces había un atisbo de esperanza en alguna de las medicinas que le ponían aunque se perdía a toda prisa al ver que no mejoraba. Lo más duro para ambas era como le iban a decir a Estela lo que le pasaba a su padre, dado su estado porque tenían miedo de que perdiera al bebé si se lo decían. No sabían qué hacer ni cómo hacerlo. Así que cuando llegó el día del regreso de Estela, fue el propio David quien decidió darle tan caótica noticia.

- '¡Familia! ¡Ya estamos aquí!' gritó eufórica.

- 'Hola, cariño,' le respondió su madre en un tono de voz apagado.

- 'Hola, Estela,' la saludó también Carol con el mismo tono de voz que su madre.

- '¿Qué pasa? ¿A qué se deben esas voces de ultratumba?' preguntó extrañada Estela.

- 'Siéntate, mi vida,' le dijo su padre que entraba en ese momento en el salón.

- '¿Qué ocurre papá?' volvió a preguntar ya más nerviosa.

- 'Te tengo que explicar algo pero quiero que me prometas que harás tu vida como hasta ahora.'

- 'Sí, papá, te lo prometo pero dímelo ya y no me tengáis con la intriga tanto rato,' empezaba a preocuparse por segundos.

- 'Verás, hija mía, hace unas semanas me hice una prueba médica y me salió alterada,' se detuvo un instante, tragó saliva y continuó, 'dando positivo y como consecuencia me detectaron cáncer...'

Al oír esa horrorosa palabra, todo su cuerpo se inmovilizó como una roca y las sombras volvieron a abrazarla.

- 'Pero, ¿habrá cura, no?' le preguntó finalmente a su padre esperando una respuesta afirmativa.

- 'No, tesoro,' dijo rotundamente David. 'Pero estoy recibiendo tratamiento para que no vaya a más.'

Estela no quería caerse desplomada delante de su padre, sabía que tenía que ser fuerte en aquellos momentos tan duros por lo que se acercó a David y le abrazó. A continuación, aún sabiendo que las palabras se las llevaba el viento, animó a su padre a luchar contra ese monstruo. Después, miró a su madre y a su hermana y se fue directa al cuarto de baño. Allí, estalló y por primera vez en su vida pidió al dios cristiano que no se llevara a su padre, que cogiera a otra alma que se lo mereciera pero no a él. Y mientras se miraba en el espejo haciéndose tantas preguntas sin respuesta, veía como ese cristal, ese ser que la había acechado desde niña, penetraba poco a poco en ella, obligando a la luz a salir de Estela. Ella no podía hacer nada, estaba tan débil que permitió que, después de tantos años de lucha, ese ser acabara por ganar la batalla final. Ahora, todo a su alrededor era oscuro, sombrío y tétrico, la bondad que habitaba en ella había dejado de existir. Sin embargo, no se sentía tan mal como ella hubiera imaginado. Cuando la transformación llegó a su fin, Estela salió del cuarto de baño como si nada. Su hermana y su madre no daban crédito a sus ojos. Esa mujer no parecía la misma Estela que había entrado en el baño hacia escasamente diez minutos, su porte, su rostro tenía algo diferente. No sabían a ciencia cierta lo que era pero si estaban seguras que no era la misma.

CAPÍTULO 28

El 27 de Septiembre de 2001, la familia Clayton volvía a pisar la sala de espera de maternidad del hospital Bermouth. Esta vez era Estela Clayton quien estaba en la sala de paritorios y como le ocurrió a ella, su hija tampoco deseaba cruzar el túnel hacia el exterior. Todos, amigos y familiares estaban allí, angustiados y emocionados por el nacimiento del bebé, que por lo menos daría un poco de vida a esa otra que se estaba difuminando.

Estela, estaba agotada de tantos esfuerzos para que su hija saliera, ya no le quedaban fuerzas. Solo pedía a gritos que se la sacaran como fuera. Así, entre gritos y sollozos de dolor, se pasó unas catorce horas. A pesar de que para muchos era una crueldad tener a una persona sufriendo tantas horas, era lo que por regla general se hacía al ser primeriza.

Sobre las diez de la noche, un hombre alto y canoso se presentó ante Estela. Ésta viendo sus vestimentas, bata blanca y camisa y pantalón verdes, supo de inmediato que se trataba del ginecólogo que la iba a llevar hasta el final del parto. El hombre le dijo que habiendo pasado parte del día y observando que ella había dilatado apenas cinco centímetros, la iban a dormir y mediante cesárea iban a sacar a su hija. Tanto era el dolor y tantas las ganas de ver el rostro de su bebé que Estela no se opuso a nada de lo que el médico le había comentado, aún a pesar del horror que sentía hacia las agujas.

Al médico le siguieron las enfermeras y el anestesista, que eran los encargados de prepararla para el evento.

Estela cayó en un sueño tan profundo que cuando despertó se dio cuenta que tenía una personita muy pequeña en su pecho. Ese fue uno de los escasos momentos en que Estela iba a poder gozar sin que nada se pusiera por medio. Era una niña preciosa, morena como su madre y con unos ojos que hablaban por sí solos. Esa inocencia, esa pequeña vida congeló esa energía que envolvía a su madre permitiendo a las dos olvidarse de las penas y de las sombras y dando paso a una magia poderosa, más incluso que ese ser maligno que amenazaba cada vez más la vida de Estela y ahora la de ella.

Era una imagen preciosa la que formaba la familia Clayton, una piña dorada inquebrantable ante todas las adversidades que la vida les ponía cada paso que daban pero como un espejo que se rompe en mil pedazos, esa 'imagen' desapareció haciendo comprender a Estela que ahora lo que más importaba era que su padre fuera el hombre más feliz del planeta junto a su nieta e impedir que aquello en lo que se había convertido no dificultara dicha felicidad.

La nueva Estela tenía dos prioridades: primero hacer feliz a su padre durante lo que le quedara de existencia y luego su pequeña. Ya no tenía ojos para nadie más.

◆

Aunque el sendero de la luz estaba fuera del alcance de Estela, su pequeño regalo, Rachel, lo tenía bajo su poder. Ella brillaba por sí sola, desprendía tanta luz que era suficiente para ambas. Tal era su energía, que hacía que todo lo negativo que había rodeado a sus padres durante años se borrara de la faz de la tierra incluso Carol y Tina se vieron afectadas por esos flashes cegadores. Ella dotaba a su madre de la fuerza que necesitaba Estela para seguir adelante. Era como si la pequeña Rachel supiera que la felicidad tenía que reinar en aquel hogar por encima de todas las cosas.

Después de pasar cinco largos días en el hospital, tiempo reglamentario si el nacimiento del bebé es por cesárea, Estela regresó a su casa con su querida niña en brazos. No la dejaba ni a sol ni a sombra. Temía que si la dejaba en la cuna, Rachel se pudiera ahogar. Por lo que prefería llevársela a donde ella fuera: si Estela estaba en la cocina haciendo la comida, Rachel estaba junto a ella tumbada en su pequeña hamaca; si Estela estaba sentada en el sofá viendo una película, Rachel estaba a su lado durmiendo. Esto llevó a alguna discusión que otra con Mark. Él opinaba que el mejor sitio para la pequeña era su cuna y Estela solo hacía que insistir por tenerla entre sus brazos, sentía que tenía que protegerla de las cosas horribles y espeluznantes que merodeaban en cada rincón.

Gracias a la pequeña Rachel, Mark y Estela estaban más unidos que nunca. De hecho Estela dejó de asistir a las sesiones con el psicólogo, no eran ya necesarias según ella. Y también gracias a la niña, esa dicha se prolongaba en casa de los Clayton.

Todas las tardes, Estela y su pequeña iban a visitar a los abuelos y a pesar de lo que allí había, Rachel conseguía sacar de su abuelo alguna sonrisa. Stephanie y Carol intentaban llevarlo lo mejor que podían pero había momentos, cuando veían a David jugar con su nieta, que no podían parar de llorar al pensar que no tendrían demasiado tiempo para disfrutar el uno del otro.

Cada día que pasaba era un regalo divino para David y los suyos. Él mismo se iba dando cuenta de que por mucha quimioterapia, por mucha radioterapia que le pusieran solo haría ralentizar lo que ya estaba escrito. Jamás demostraba una pizca de debilidad ni de desvanecimiento. No quería que las personas que más amaba se preocuparan por él, con lo que sacaba fuerzas de debajo de las piedras si era necesario. Por desgracia, este fatal suceso fortaleció más los lazos entre Stephanie y sus hijas, pasando Estela cada vez más tiempo en casa de sus padres que en su propio hogar.

Para Estela, su padre era su soporte, su sustento y estaba siendo muy duro como ese apoyo que la había hecho tirar hacia delante muchos días de su vida se iba consumiendo más deprisa de lo que nadie hubiera deseado. Cada noche que regresaba a casa solo hacía que repetirse "¿Ahora qué voy a hacer sin ti? Te necesito junto a mí. Saber que estás ahí." Mark trataba de consolarla pero en la gran mayoría de las ocasiones le era totalmente inútil, a veces hasta llegaba a la desesperación de verla así. Ya no sabía lo que podía hacer para calmarla. Era una tarea complicada pero era su marido, y como tal, era su deber ayudarla para llevar lo mejor posible este trágico desenlace.

Las estaciones iban pasando de largo por el hogar de los Clayton y con ellas se iba un pedacito de David, hasta dejarlo postrado en una silla de ruedas. Stephanie quería creer en lo más hondo de su ser que mientras había vida había esperanza. No le importaba que su querido compañero del alma estuviera en aquella silla metálica siempre y cuando lo tuviera a su lado.

Rachel, consiguió que su abuelo la viera dar sus primeros pasos y que estuviera con ella en su primer año de vida. La relación entre nieta y abuelo era semejante a la que Estela tuvo con su adorado abuelo Thomas. A Rachel no le importaba que David no pudiera caminar, ni saltar, ella se las ingeniaba para que su abuelo pudiera hacer todas aquellas cosas para jugar con él. El regalo que más le gusto a Rachel el día de su cumpleaños fue un baúl que sus abuelos le regalaron. Aunque era una simple caja de madera grande, ella la convirtió en un objeto útil para jugar al escondite y guardar sus más íntimos secretos.

◆

Los hombres de Carlos recibieron un soplo que les llevó hasta Marcelo, el hombre que había ayudado a Steve a acabar con la vida de Carlos y a salir del país.

Cuando Marcelo les vio ante su puerta, sabía que su vida estaba a punto de acabar. Les invitó a pasar a su humilde morada y aunque, al principio, la cosa se limitó a preguntas y respuestas luego el ambiente se caldeó y uno de los hombres de Carlos, apuntándole con una pistola en la sien, le obligó a que cantara el paradero de Steve. Marcelo no tuvo más remedio que decirles lo que habían venido a buscar si quería salvar su vida. Por un momento creyó que aquello podía ser factible pero más tarde se dio cuenta que no, al ver su mano manchada de sangre. Como hombres del narco y de la mafia, actuaron según sus reglas: no dejar ningún testigo vivo que pudiera incriminarles.

Con la información proporcionada solo les faltaba coger un avión rumbo al viejo continente. Allí contactarían con la gente de McCarthy para llevarlos al lugar donde se escondía Steve.

Steve, que estaba intentando rehacer su vida y dejar atrás su sórdido pasado, sabía que tenía que estar preparado por si algo inesperado sucedía algún día. Por ello, no se había deshecho de todas sus armas, aún guardaba alguna bajo el colchón de su cama y seguía teniendo pesadillas con los hombres de Carlos. Lo que desconocía era que lo hubiesen encontrado tan pronto no habiendo dejando pistas por el camino y habiendo cambiado de identidad. Se creía muy astuto y era el más torpe de toda la manada. Uno de sus grandes defectos y el que ha hecho que los hombres de Carlos supieran de su paradero, era su boca. Tendía a hablar más de lo que correspondía lo que conllevaba a no pasar desapercibido ante la gente.

◆

En mitad de la noche, un grito sobrecogedor hizo saltar a Mark de la cama y despertó a la bella Rachel. Era Estela, quien estaba gritando escandalosamente una y otra vez. Mark calmó a Rachel y cogió a Estela entre sus brazos con el fin de que esos chillidos cesaran.

- '¡Estela, Estela! ¡Despierta solo es un sueño!' le gritaba Mark al mismo tiempo que le agarraba la mano derecha para que dejara de desgarrarse la ropa. Nunca había visto nada parecido. Si creyera en posesiones, hubiera pensado que su mujer era una de ellas. Tan fuerte estaba apretando sus uñas contra la fina tela del camisón que llegó a traspasarlo y hacerse heridas. Y viendo que no podía sacarla del sueño o de lo que fuera por sí solo, la levantó y la introdujo en la bañera pensando que tal vez con el agua fría lograría despertarla.

- '¿Qué haces?' le chilló enfadada.

- 'Cálmate, ¿quieres? Estabas gritando amargamente y desgarrándote la ropa,' le dijo mostrándole el camisón.

Estela no sabía lo que contestarle al ver el estado en el que se había quedado el camisón. También llevaba algunos arañazos por toda la tripa.

- '¿Esto también me lo he hecho yo?' Preguntó señalándose los arañazos.

- 'Sí, cariño. Anda, ven y siéntate en la cama mientras voy a buscar gasas para curarte.'

Estaba desconcertada porque nunca le había pasado algo así. Y de lo único que se acordaba era de dos seres cogidos cada uno a sus manos e intentando tirar de ella en ambas direcciones. La estaban partiendo por la mitad igual que a un animal a punto de ser cocinado.

Después de que Mark la curara, le dio un tranquilizante para que descansara. Cuando se aseguró de que Estela estaba dormida y tranquila, se ocupó de Rachel que, apoyándose en los barrotes de la cuna, se había puesto de pie observando en silencio lo que parecía una escena sacada de una película de terror. La sacó de la cuna y ambos se fueron al salón comedor para dejar a Estela descansar. Allí, sosteniéndola entre sus brazos, la acunaba dándole toquecitos en la espalda con la intención de dormirla. Al cabo de dos horas, la casa volvió a estar en silencio y al fin, Mark pudo descansar hasta al día siguiente.

Cuando Estela se despertó sobre las nueve de la mañana, todo su cuerpo estaba entumecido como si hubiera recibido la mayor paliza de su vida. Al ver que ni su marido ni su hija estaban en la habitación, pensó en lo peor pero cuando llegó al salón, vio una escena antagónica a la de la noche anterior: padre e hija se habían dormido uno pegado al otro. Era una escena angelical, indescriptible. Se les quedó mirando y después se fue a darse una ducha a ver si se espejaba un poco y se quitaba el gran peso que llevaba a sus espaldas.

Una vez fuera de la relajante agua, se preparó para irse un día más con su familia. Antes regresó al salón para ver si aún seguían durmiendo. Como así fue, decidió dejarle una nota a Mark sobre la mesa del salón en la que le decía que estaría en casa de sus padres todo el día.

Al salir por la puerta de su casa, un agudo pinchazo le recorrió la espina dorsal haciéndola retorcerse como una serpiente. En ese momento supo que algo iba mal, exactamente no sabía el que pero desde luego poco tardaría en averiguarlo.

El trayecto en coche desde su casa hasta la de sus padres duraba apenas diez minutos pero aquella mañana esa carretera se alargaba como nunca lo había hecho antes proyectando imágenes siniestras cada metro que Estela daba. Creía que se estaba volviendo loca por todo lo que estaba experimentando en las últimas horas e incluso llegó a pensar que todavía estaba viviendo en ese sueño ancestral, pero de repente, se le cruzó un gato negro y tuvo que frenar el coche para evitar un accidente. Debido a ello, Estela volvía a ver las tiendas y los árboles que había a ambos lados de la carretera. Así que tomó aire, se tranquilizó y prosiguió su viaje.

Al llegar a la entrada de la casa de sus padres, percibía un silencio diferente al del resto de los días anteriores. Entonces, le vino a la cabeza que tal vez lo que le había sucedido y lo que sentía ahora estaba conectado con el interior de la casa. La verdad es que no se equivocaba.

- 'Hola, familia. ¿Dónde estáis?' preguntó Estela abriendo la puerta.

Las palabras de Estela se perdían por la casa. No había respuesta. Así que pensó que igual estaban en el jardín tomando un poco el fresco pero allí no había nadie. Volvió al interior de la casa y subió a las habitaciones, donde una a una fue revisándolas y nada. Solo le quedaba la habitación de sus padres y cuando fue a abrir la puerta, se encontró con un paisaje grotescamente gótico: su padre, echado en la gigantesca cama y a ambos lados de la cama su hermana y su madre con el rostro deformado.

- '¿Qué ha pasado?' preguntó aterrada.

- '¡Tu padre! ¡Tu padre!' solo pudo decir Stephanie.

- 'Papá ha despertado y no conocía a nadie. Ha llamado a la mamá, "mamá" creyéndose que se trataba de su madre y no de su esposa.'

Estela pudo sentir como su cuerpo se desgarraba brutalmente y ante el tenebroso cuadro creado repentinamente tuvo que actuar con rapidez para evitar el desplome de su madre y su hermana. Sacó de su bolsillo su teléfono móvil y marcó el número del hospital.

- 'Cuelga,' le dijo su hermana. 'Ya hemos llamado y nos han dicho que en cinco minutos estarían aquí.'

La espera se hacía eterna. Parecía que la ambulancia y el médico nunca iban a llegar. Las tres no paraban de mirar los relojes de sus muñecas. De repente, el timbre de la puerta sonó y un hombre con una bata blanca apareció. Stephanie lo condujo hasta la habitación. Allí, le hizo unas pruebas rutinarias como la comprobación de las pupilas, los reflejos, etc. e inmediatamente llamó a los enfermeros de la ambulancia para que se lo llevaran al hospital.

Las tres sabían la cruda realidad. Sin embargo, aún albergaban una pequeñísima esperanza de que pudieran hacer volver a su padre del mundo ciego y sordo en el que se había sumergido.

Camino del hospital, Estela llamó a Mark para avisarle de lo que había ocurrido y le mandó, eso sí, dulcemente que se quedará con Rachel en casa, que ella ya le iría informando de todo. A Mark casi se le cae Rachel, que la llevaba en brazos cuando Estela le estaba dando la noticia nunca deseada. Fue como si le hubiera caído un jarro de agua fría. Mark no hizo caso de lo que Estela le había recomendado. Vistió a Rachel, le preparó una mochila con sus cosas de aseo y comida y se la llevó a casa de su madre. Luego, se fue al hospital.

Al llegar a la puerta de urgencias, encontró a Estela afuera fumándose un cigarro.

- '¿Y la niña?' le preguntó nerviosa pero a la misma vez contenta de que estuviera allí.

- 'No te preocupes. La dejé en casa de mi madre. Ella está bien. ¿Sabéis algo?'

- 'No. Nada todavía. Se lo han metido dentro y le están haciendo pruebas. Supongo que dentro de un rato, nos dirán algo,' le contestó con lágrimas en los ojos.

Mark la abrazó y trató de consolarla tanto como, en esos momentos tan duros, se podía. Después entraron a la sala de espera donde estaban Stephanie y Carol.

No había pasado ni un minuto desde que entraron Mark y Estela cuando el oncólogo hizo acto de presencia. Lo que les iba a decir no era fácil ni tan siquiera para una persona acostumbrada a esta clase de situaciones. La verdad que no hizo mucha falta que el médico dijera nada puesto que su rostro lánguido hablaba por sí solo.

El equipo de oncología había decidido subir a David a dicha planta y ponerle alguna transfusión con el único fin de pudiera mejorar un poco. Pero los resultados no eran muy alentadores, a la pérdida de memoria se le había unido otro mal que se extendía muy rápido: sus pies estaban morados y negros y empezaba a subir por los órganos principales hasta llegar al cerebro. Solo era cuestión de horas.

◆

Una marcha fúnebre inundaba las calles de la ciudad de Brighton la mañana del 18 de marzo de 2003. Todo ser vivo había enmudecido y el cielo se tiñó de un gris oscuro que impedía a los rayos del sol asomarse. A la cabeza de la marcha se divisaba desde lo lejos a una madre y a sus dos hijas destrozadas por la pérdida y custodiadas por un centenar de personas que apreciaban a la familia y al amable y generoso hombre que, después de luchar durante días por aferrarse al mundo terrenal, se marchó tan silenciosamente como había llegado dejando un gran vacío en todos ellos.

El funeral fue algo rápido ya que así lo dejó escrito David en su testamento meses antes de fallecer.

Ahora Estela y Carol tenían que ser fuertes y ayudar a su madre a seguir en el escarpado camino de la vida. Aquel día, ellas fueron las encargadas de dar las gracias a la gente que había asistido al funeral así como de recibir los diversos pésames.

Aunque Estela respondió en esa ruda tarea, definitivamente se había rendido. Ya no le importaba que esa lucha, esa guerra que llevaba combatiendo contra las tinieblas la arrastrara con ella. Había dejado de existir. En los días sucesivos al funeral, se fue alejando de su marido, incluso de su niña, a la que tanto adoraba; se distanció de su propia familia y de sus amigos permitiendo que "la cosa", con la que tantas veces se había enfrentado, se la llevara para siempre.

Mark estaba deshecho al ver a su mujer en ese estado catatónico. No quería comer, ni ver a nadie. Sólo le apetecía dormir. Era desesperante para Mark ver como se estaba consumiendo poco a poco y que todo su esfuerzo, por ayudarla a ser la de antes, no valía para nada. Incluso intentó llevarla a curanderos pero nada. Le llevaba a Rachel todas las mañanas para ver si al ver a su niña, ella despertaba y volvía a la vida. Todo era inútil. Se había convertido en un zombi deambulando por la casa. Mark sufría tanto por ella como por su hija ya que Rachel quería estar con su mamá y ésta no le hacía caso, era invisible para Estela. Estaban siendo los meses más infernales de la vida de Mark pero gracias a su tesonería, comenzó a ver algunos frutos en Estela. Por lo menos ya se levantaba y cogía a Rachel. De vez en cuando, le daba de comer y jugaba con ella aunque aún seguía en su empeño de no ver a nadie ni de hablar con él.

◆

- 'Me he enterado de lo de tu tío, Christian. Lo siento mucho,' le dijo Paul.

- '¿Qué sientes?' preguntó Steve que entraba en ese momento en el bar.

Tanto Christian como Paul se miraron fijamente. Y ambos, como si sus mentes estuvieran conectadas, pensaron lo mismo.

- 'No, nada. Es algo que le perdí a Christian y no encuentro,' le contestó Paul esperando la reacción de Steve.

- '¡Ah! Creía que le estabas dando el pésame,' dijo tranquilamente Steve.

- '¿Y por qué le iba a dar yo el pésame?' le preguntó sorprendido por la respuesta de su amigo.

- '¿Qué os creéis que soy idiota?' les dijo enojado. 'La aldea es pequeña y las noticias corren como liebres. Sé que el padre de Estela falleció hace unos meses. No tenéis porque disimular delante de mí. Me da igual lo que le pase a ella o a su familia. Salió de mi vida hace ya tiempo.'

Christian viendo que el ambiente se estaba empezando a caldear, puso paz por medio sirviéndole una jarra de cerveza y cambiando de tema radicalmente.

- 'No te enfades. Creíamos que era mejor que no supieras nada para no traerte recuerdos,' le contestó Paul que no le importaba como se pusiera Steve.

- 'Bueno, vale. ¿Qué vamos a hacer hoy?' dijo tajante y cortante Steve.

Desde aquel verano en que se volvieron a reencontrar después de tantos años, Steve se había vuelto austero, déspota y desagradable llegando a afectar la amistad de sus amigos de la infancia y juventud. Siempre había sido fiel a su gran amor inclusive cuando estaba lejos pero la negativa de Estela le hizo ver otra realidad que lo condujo a una vida de lujuria y mentiras, vida que les estaba allanando y aclarando el camino a los hombres que iban en su busca y captura.

CAPÍTULO 29

La leve mejoría de Estela no bastaba para impedir que su matrimonio con Mark fuera en detrimento. Estela solo sabía dirigirse a su marido con insultos y gritos. Mark no hacía más que preguntarle una y otra vez que le contara por qué se comportaba de ese modo con él. No llegaba a entenderlo ya que no la había dejado sola en ningún momento. Vivía para ella y por su hija. Era una situación demasiado surrealista para Mark y no tanto para Estela. Ella no veía el mundo con los mismos ojos que Mark y estaba convencida de que se hallaba en el camino correcto no como su marido. Había momentos en que la situación en casa era insostenible para cualquiera, sobre todo para una niña de dos años que veía a sus padres dirigirse de unas formas nada adecuadas y rayando la violencia por parte de su madre.

Si él no detenía esto a tiempo, sería demasiado tarde para los tres. Consultó lo que debía hacer con profesionales y con sus amigos y no había una respuesta que le agradara. Todos coincidían en que debía de tener paciencia, que era cuestión de tiempo que Estela se recuperara después de tan dura perdida pero no le daban ninguna solución. Mark estaba cansado y harto de ser paciente, cosa que había puesto en práctica desde que Estela cayó enferma, pero debía pensar en él y en su hija. ¿Qué vida les esperaba si se quedaban allí? ¿Qué futuro iba a tener su hija viendo a su madre consumirse como la vela? Eran preguntas que ocupaban su mente día a día. Por un lado, quería quedarse con la mujer que amaba pero por otro lado su vida estaba en juego. Después de las consultas, después de debatirse entre lo justo y lo mejor, decidió divorciarse de Estela pero sin dejar de cumplir sus obligaciones como padre. En un principio pensó en llevarse a Rachel con él, por lo menos hasta que Estela mejorara un poco más, pero tanto familiares de ambas partes como los médicos le aconsejaron que la dejaran con ella, por la única y sencilla razón que

Rachel podía ser un estimulo para su pronta recuperación. Tampoco se lo aseguraban y como Mark no quería ningún mal para su mujer acató las recomendaciones y se marchó del hogar que hasta ese momento había sido su morada.

Carol y Tina, que se dieron cuenta que habían sido muy ligeras y un poco malévolas a la hora de juzgar a Mark, entristecieron con su marcha. La realidad era algo distinta a la que ellas habían estado criticando durante años. Ellas mismas pudieron ver que esa persona a la que habían acusado de posesiva y dictadora, no era exactamente como la dibujaban. Vieron que en los momentos más difíciles, Mark estaba allí y cuando alguien de la familia necesitaba que le echaran una mano, Mark estaba allí. Por lo que, su marcha no se podía celebrar con champán sino llevarla a cuestas y vivir con ella. En cierto modo, se sentían responsables de la ruptura ya que pensaban que algunos comentarios suyos pudieron ser los causantes y, aunque lo que más deseaban era intentar reparar el mal hecho y mantenerlos unidos, era una hazaña inviable. Mark necesitaba alejarse de aquel infierno en el que había vivido y disfrutar un poco de las cosas bellas de la vida. Para subsanar el daño, se centraron en Estela por la que también sentían desdicha y tristeza.

Era la hora de la acción y dejar de lado la lamentación. Así que combinando sus horarios laborables hicieron turnos para estar con Estela el mayor tiempo posible. El trabajo era sencillo a la vez que complejo: obligar a Estela a luchar una vez más por su vida. Por la mañana era Carol la que se encargaba de que su hermana fuera una mujer como las demás; intentaba tenerla ocupada todo el tiempo bien llevando a la niña a la guardería, bien haciendo algo de ejercicio al aire libre o simplemente limpiando y ordenando la casa. Por la tarde era Tina la que sustituía a Carol y ella se ocupaba de que Estela no se durmiera, cosa habitual en ella, de que fuera a recoger a Rachel a la guardería y de ir al parque a disfrutar de su hija. Las noches se la dejaban a la misma Estela, querían darle un voto de confianza de modo que no llegara a agobiarse y estallara destruyéndolo todo de nuevo. Había que hacer las cosas con suma suavidad si querían que la mujer risueña que una vez habitó en Estela volviera a renacer.

◆

- '¿Qué hacéis?' les chilló Estela a su hermana y a Tina.

- 'Nos vamos a la granja. A Rachel le vendrá bien respirar el aire de la montaña y a ti también,' le explicó Tina.

- '¡No! ¡No!' gritó como una descosida.

- 'Quieres calmarte, Estela. No es para ponerse así. Piensa en tu hija si no quieres pensar en ti. No tienes elección,' le recriminó Carol.

Las palabras de Carol le dieron de pleno en su corazón consiguiendo levantarla y que ayudara a Tina y a Carol a preparar las maletas. Al ver la reacción de Estela, los rostros de las dos amigas reflejaban victoria. Por fin, algo bueno estaba saliendo de las profundidades del inframundo. Esto era lo que habían augurado los profesionales de la medicina, esos grandes sabios, que pasaría y no se equivocaron. Eso sí, no se podía hablar de cuanto iba a durar: podía ser simplemente un reflejo o perdurar infinitamente. El paso de las horas sería vital para que la balanza se dirigiera hacia a un lado o hacia otro.

◆

La gente de Carlos ya estaba en la aldea en la que Steve vivía, que ayudados por los hombres de McCarthy, confeccionaron un plan perfecto de modo que todo se hiciera en silencio y sin dejar rastro. Para ello, se camuflaron entre los aldeanos como trabajadores en los diferentes negocios del pueblo con el fin de ganarse la confianza de alguno de ellos y poder llegar a Steve sin que nadie intuyera nada. Había un chico moreno y melenudo, con el rostro medio tapado por las cicatrices que llevaba, que consiguió trabajo en el hostal de su madre. No le costó mucho debido a su personalidad extrovertida pero a la vez educada. A Margaret le encantó y no tuvo ningún problema en darle un puesto en el bar del hostal. A él, según le había contado a Margaret le hacía falta el dinero, y a ella le venía muy bien una mano extra. Era el lugar perfecto para una vigilancia exhaustiva. Se fue ganando la confianza de Steve poco a poco sin que éste notara nada extraño en él.

◆

A las afueras de la granja, una pequeña y florida mariposa revoloteaba por los alrededores de la granja. Rachel iluminaba cada rincón de aquella solitaria casa. Era pura energía. Desde que se levantaba hasta que se iba a la cama su cuerpo se movía sin descanso. Ese júbilo se transmitía por el aire llegando a los cuatro rostros que no apartaban sus ojos de ella. Era la luz que su madre anhelaba en la oscuridad y que nunca llegaba a alcanzar.

Ningún habitante de la granja hubiera pensado que Rachel tuviera tanto poder para rescatar a Estela de las fauces de aquel animal ancestral.

Una tarde, bajo los últimos rayos del sol, las tres amigas estaban tranquilamente hablando mientras jugaban con Rachel. Durante la animosa conversación, Estela dijo algo que no venía a cuento. Sabía que había baile en la aldea e instó y animó a su hermana y a su amiga a ir. Éstas se quedaron congeladas al ver la disposición de Estela por hacer vida social y relacionarse con otra gente. Como consecuencia de ello, y ante el temor de que cambiara de opinión, aceptaron encantadas la propuesta de Estela. Rose, que en cuanto supo de esta grata noticia, se unió a ese regocijo colaborando con ellas en elegir la ropa adecuada para la noche que se avecinaba y alentando, en particular, a su nieta con palabras tranquilizadoras en lo que respectaba a su hija, que se iba a quedar a cargo de la bisabuela.

Estela estaba preciosa, llevaba un vestido blanco ibicenco dejando sus hombros al aire y sus pies cubiertos por unas sandalias hacían, que todo se inclinara ante ella.

El baile era al aire libre en la plaza de la aldea. Se celebraba para dar la bienvenida a la estación más alegre de todas, el verano. Tanto los aldeanos como los turistas que venían cada año a este evento, llenaban la plaza entera.

Aparcaron justo a la entrada de la aldea y desde el interior del coche, Estela divisó una furgoneta negra con un rayo amarillo y rojo pintado en la puerta delantera que le causó malas vibraciones. No contenta con ello, al salir del vehículo fue directa a mirarla más de cerca. Estaba justo enfrente de donde ellas habían aparcado. Tina y Carol creyeron que Estela había vuelto al mundo de las tinieblas. Mientras ambas se preguntaban qué narices estaba haciendo Estela, ésta estaba comprobando si la matricula era británica o no. Cuando estuvo justo delante de ella y corroboró sus sospechas, solo pensó en una persona: Steve. Tenía que encontrarle y avisarle que estaba en peligro.

La matricula de la furgoneta, YBU-80-60, obviamente no pertenecía al Reino Unido. Exactamente desconocía su procedencia pero mirando hacia atrás, recordó al hombre con acento mejicano hablando con Steve el día en que fue a visitarle al hospital y atando cabos intuía que no era nada bueno la presencia de ese auto en la aldea.

Mientras subían por la calle que conducía a la plaza de la aldea, Estela les explicó lo que le había pasado y lo que creía que debía hacer. Tina y Carol se alegraron de que fuera eso y no otra cosa la que le había hecho actuar de ese modo aunque les preocupaba la seguridad de su amiga. En principio no tendría por qué haber peligro alguno ya que simplemente iba a avisar a Steve de sus sospechas y además nadie sabía nada de esto excepto ellas dos. Así que cuando finalmente llegaron a donde estaba toda la multitud, Estela las dejó al lado de una barra movible de bar donde servían bebidas y fue en busca de Steve.

Atravesó la marabunta humana sin éxito y ya estaba empezando a ponerse nerviosa cuando vio a Paul. Se acercó y le preguntó por Steve. Paul, que no entendía nada, le dijo que probablemente estaría en el hostal de su madre. A Paul no le dio tiempo de preguntarle que quería de él porque en cuanto oyó la palabra 'hostal' corrió calle abajo. En el momento en que Estela abrió la puerta del hostal, unos ojos se fijaron en ella. Era Steve.

- '¿Qué haces aquí?' Dijo sorprendido y cabreado a la vez.

- '¿Podemos hablar en otro sitio, por favor?' Le pidió Estela.

- '¿Por qué? Lo que me tengas que decir me lo puedes decir aquí,' contestó rotundamente.

- 'Es importante. Te lo aseguro. ¡Por favor!' le suplicó.

Steve viendo la insistencia de Estela accedió a su petición. Y ambos se subieron a la habitación de Steve.

Nada más entrar en la habitación, Steve se abalanzó sobre ella y la besó sin que pudiera reaccionar Estela. Ella, en lugar de apartarle y centrarse en el motivo por el que estaba allí, se dejó llevar como una colegiala. Ambos se fundieron en una sola persona dejando fluir su amor.

Cuando Estela miró la hora que era, se alarmó y se acordó de sus amigas a las que había abandonado y que se estarían preguntando por qué tardaba tanto. Entonces, se vistió y antes de irse y recordando a lo que había ido le comentó lo de la furgoneta y las sospechas que tenía acerca de ella. Esto hizo pensar a Steve, que enseguida supo que la gente de Carlos se encontraba tras él. Estela se despidió de él y se marchó del hostal sin volver la vista atrás.

Tina y Carol estaban a punto de ir en busca de Estela cuando la vieron aparecer toda sofocada.

- 'Nos tenías preocupadas. Íbamos ya a buscarte por toda la aldea.'

- 'Lo siento, chicas,' se disculpó Estela.

- '¿Por qué has tardado tantas horas?' preguntó Carol.

- 'Había gente en el hostal y hasta que se han ido no he podido contarle mis temores.'

- 'Bueno, pues ahora que ya está solucionado. Disfrutemos del resto de la noche,' dijo Tina.

Mientras las chicas deleitaban su cerveza, Ron encontró la oportunidad que estaba buscando para vengarse por la muerte de Carlos.

Steve aún estaba en su habitación, tumbado en su cama y pensando en lo que había sucedido entre Estela y él. El dibujo de una sonrisa de oreja a oreja en su rostro lo decía todo. Pero de repente, esa imagen se borró. No había nada. Todo se había vuelto del color de la sangre. Ron había cumplido su objetivo.

EPÍLOGO

Nueve meses después de aquel baile, floreció un nuevo ser arrasando definitivamente lo que quedaba de oscuridad. La plenitud de Estela distaba mucho de lo que se respiraba en aquella pequeña aldea de Brighton.

Ese cristal, ese armazón, ese oscuro mundo se fue, llevándose consigo un alma que le enriqueciera más que la propia Estela. Esta segunda oportunidad que la luz le había concedido a Estela, estaba siendo aprovechada como nunca lo había hecho en toda su existencia.

Los amigos de Steve, consternados por el horrible final de éste, sabían que se iría de este mundo tal como ocurrió. Sus andanzas, sus amistades peligrosas eran pruebas más que suficientes que confirmaban lo que ellos sabían.

Los obstáculos de la vida son lecciones que uno tienen que ir saltando y solo así se convertirá en sabio. Solo el hombre es capaz de marcar, encauzar su propio destino, su propio camino. Y aquel que elige el sendero de piedras y curvado tendrá que aceptar sus consecuencias y a vivir o no con ello.

CPSIA information can be obtained at www.ICGtesting.com
Printed in the USA
BVOW05s2033040914

365404BV00003B/193/P